Cut And Paste
カット&ペーストで
この世界を生きていく
7

主な登場人物
ピロース
魔人ザナドゥの奴隷になる前、若き頃のピロース。
エイミ
オークに捕まっていたところをマインに助けられ、仲間になる。
マイン
幼いころに両親を亡くした、心の優しい少年。神様から特別なスキル「カット」「ペースト」を授かる。
クゥ
神獣ケートスの幼体。わっふると同様に好奇心旺盛で、マインたちと行動を共にする。

カイエン
若き頃の魔王。あるきっかけにより、傲慢で残忍な性格になってしまう。
アイシャ・ローレル
元B級冒険者で、「聖弓のアイシャ」の二つ名を持つ実力者。マインの妻となる。
シルフィード・オーガスタ
オーガスタ王国の第一王女。常に冷静さを保ち、「姫騎士」の二つ名を持つ。マインの妻となる。
わっふる
フェンリルの子供。好奇心旺盛で、人の頭の上に登るクセがある。

Contents

咲夜／天野ハザマ

イラスト
眠介

これまでのあらすじ

成人を迎えると神様からスキルと呼ばれる技能を最大３つ得られる世界。心やさしい少年・マインが授かったのは、【カット＆ペースト】と【鑑定・全】という最強のスキルだった。マインはスキルを駆使して、人々の命を救い、多くの信頼を得る。

オーガスタ王国の王女シルフィード、ギルドの世話係のアイシャ、リッツ王国のサーシャ。さまざまな事件を経て３人の嫁という「家族」を得ることになったマイン。また、神獣フェンリルの子供わっふるの命を救ったのをきっかけに、神獣からの加護を受けることとなる。

エルフ族のエイミとの出会い、そして自身のクランである「永久なる向日葵（エターナルサンフラワー）」の結成。さまざまな出会いの果てにマインは強敵の魔人ザナドゥをついに打倒する。そのいっぽうでローラシア王国に召喚された勇者たちは神獣スカジの助けによって魔王カイエンをも打倒する。これで、全ては終わったのか。誰にも分からないまま……運命の時が、近づいていた。

1章　牢獄の迷宮

僕の目の前で、勇者たちが光に包まれて消えていく。女神様の力による帰還らしいけど……【固有魔法・時空】とも違う不思議な力だった。そうして彼らが消えていったあと……僕は勇者たちから【カット】したスキルを見ていた。相変わらず文字化けして読めないけど……【光の聖剣】【神の鎖】とか、なんだかすごそうな名前のスキルだ。

ちなみに最後に残った勇者のスキルは【死者絶対蘇生】だってスカジ様が教えてくれた。

うーん、そのスキルはちょっとほしかったなあ。でも、仕方ないよね。

「さて、これで勇者たちの帰還は成った……まあ、全員ではないがな」

「確か1人残ったんでしたっけ」

「うむ。心やさしき男だ。一応我が見守るつもりではあるが、すぐにその必要もなくなるであろう」

神獣スカジ様はフェンリル様たちと違って普通の女の子みたいに見えるけど……これはスカジ様独特の特性のようなものらしい。

フェンリル様……というか、わっふるにもそういうことができるようになるのかと思ったけど、そういうわけじゃないんだね。

『わふっ、まいんはおれにひとがたになってほしいのか？』

『ううん。わっふるはそのままがいちばんだよ』

『わふ、そうだよな！』

わっふるが人型になったら、それはそれで楽しそうだけど、ね。

「さて……マイン。この国の王を遠ざけたのには、当然理由がある」

そう、今この場所……王城の広間には、僕とスカジ様、あとわっふる以外の人はいない。スカジ様が「大事な話がある」と言って追い出しちゃったからだ。でも、理由ってなんだろう？

「それって……僕とわっふる以外には聞かせられないことなんですか？」

「本当ならば、そのフェンリルの子も遠ざけておきたかったところだが……まあ、それはよしとしよう」

『わふっ！　なかまはずれはいやだぞ！』

大丈夫だよ。僕はわっふるにそんなことしないって。

わっふるを安心させるように撫でていると、スカジ様が小さくため息をつく。

「仲が良いのは素晴らしいが……話を続けるぞ？」

「あっ、ごめんなさい」

「よい。お前に話すべきことだが……過去に戻る件についてだ」

「それって……！」

過去に戻る。それができれば、エルフを助けられる。まさか、ついに条件が揃ったってことなのかな？

「……条件は既に整いつつある。一度賛成した以上我も協力は惜しまんが……その前に、覚悟を問おう」

スカジ様の表情は、とっても真剣だ。覚悟……歴史を変える覚悟ってことだよね。でもエルフを救えばみんな幸せになれると思うんだけど……どういうことなんだろう？

「お前が飛ぶのは10年前。そこは激動の時代だ……お前が歴史を変えることで、何がどう影響するのか分からない。それをしっかりと理解しておくのだ」

「その……僕が歴史を変えると、何が起きるんでしょう？」

「エルフを救うということは、マイン。お前と、お前が救おうと思ったきっかけであるエルフとの出会いにも何かしらの変化が起こるだろう。最悪、出会わなかったことになる可能性だってある」

「エイミさんやピロースさんと僕が……？」

そっか。エルフが救われたならピロースさんはダーク・エルフにならないし、エイミさんもエルフの里から出ることはないのかもしれない。そうなれば、当然僕とは出会わない、よね。

それは少し寂しいけど、でも……。

「それでも僕は、エルフを救おうと思います」

そう、僕はエルフを救うって約束したんだ。それを曲げるのは絶対によくないことだと思う。

「……そうか。余計な心配だったな」

やさしく微笑むスカジ様を見て、僕を心配して言ってくれたんだとすぐに分かった。

「まあ、ああは言ったがさほど心配はいらん。世界は常に良き方向に進もうとする力がある……それが良き出会いであるならば、変わった未来にてお前はまた出会っているだろうからな」

「そうなんですか」

「ああ、そうだ」

そうなのか……アイシャたちと出会わなかったことになっちゃったら悲しいけど……それなら安心だね。

そう考えていると、僕を呼ぶ声と共に扉を乱暴に叩く音が聞こえてきた。

「旦那様！　父上が緊急事態だと旦那様を呼んでいるぞ！」

「シルフィ？」

シルフィも僕がスカジ様と話してる最中なのは当然知ってるのに、何があったのかな？

「構わん。入れ」

スカジ様がそう言うと、シルフィはドアを開けて入ってくる。

「スカジ様、お話し中に申し訳ありません。しかし緊急事態なのです！」

「構わん。話は既に終わっている。行くがいい」

「それが、その。父上はスカジ様にも話を伺いたいと」

「ここはフェンリルの管轄だろう？　我は必要以上に関わる気はないな」

え、そういうことになってるんですか？　いや、でもそうなのかな。

「聞きたいことがあるなら、マインをフェンリルのところにでも向かわせればいい」

「し、しかし……」

「くどい」

「うっ」

スカジ様に一言で切って捨てられて、シルフィは気圧されたように一歩下がる。

「あの、スカジ様。そのくらいで……」

「ああ。しかし、予想以上に時間がなかったな……」

「え？」

「マイン。我は急ぎ戻る。だが、その前に……」

言いながら、スカジ様は僕の額に指を触れさせる。

「お前に我の加護を与えておこう。それと……唐突な来客があるかもしれんが、慌てるな、と
この国の人間に言っておくといい」

急な来客？　誰のことだろう。それに突然帰るって言いだすなんて。

「まさかスカジ様。緊急事態について何かご存じなんですか？」

「そ、そうなのか？　旦那様！」

「可能性の話だ。そうであれば時間がない。さて、では私は戻るのでな」

僕に加護を与えてくれたスカジ様は、そのままものすごい速度で部屋から出ていってしまう。

……なんだか、今すぐにでもローラシア王国に帰りたいって感じだ。もしかすると、最後に
残ったっていう勇者のことが気になるのかもしれないけど……。

神獣であるスカジ様なら、そんなに時間はかからないのかもしれないね。

「じゃあシルフィ。僕たちも王様に会いに行かなきゃね」

「そ、そうだな。しかし……」

「え？」

「スカジ様のあの慌てっぷり……父上に伝えていいものかどうか」

う、うーん。それは僕も分からないな。ファーレン様の心労が増えちゃうかもだよね。

とにかく、王様に会いに行かないと！

僕はシルフィの手を取ると、ファーレン様の待っている部屋に向かって走りだす。

ファーレン様の部屋に向かっていると、廊下で見知った顔と会った。

「あ、姫様っ、マイン様もご一緒なのですね」

ん？　ミーティアさんだ。かなり慌てているみたいだ。

一緒にいるのは……セシル団長だ。

「姫様っ！　いらしているという神獣様はご一緒ではないのですか⁉」

「ローラシアに戻られるそうだ。しかし、その怪我は……？」

よく見るとセシル団長、右腕に大きな怪我をしているみたいだ。

緊急事態というのに、それが関係あるのかな？

「セシル団長、その腕はどうされたのですか？」

「今は国王様のもとにお急ぎください」

僕は大きく頷(うなず)いて、シルフィの手を取り、ファーレン様の執務室へと走りだした。

執務室に到着すると、シルフィが若干乱暴目にドアをノックしながら声を上げた。

「父上っ、私だ。シルフィードだ！　旦那様を連れてきた。入るぞ」

そして返事も待たずに扉を開ける。

……唐突な出来事に中にいたファーレン様とモルグ宰相は、呆気にとられた表情でこちらを見ていた。

「コラっ、シルフィ、どうしてお前はそうなんだ？　結婚して少しは落ち着くかと思ったが……少しはアイシャ殿とサーシャリオン様を見習いなさい」

ファーレン様が腰に手をあてて、シルフィに苦言を発する。

「それはともかくとして、よいところに来てくれたな、マイン」

「ファーレン様、シルフィもさっき言いましたが緊急事態ですって？　どうしたんです？」

さっきのセシル団長の怪我から考えると、ファーレン様の話はすごく重要なもののはずだ。

「実はな……王都内に謎の魔物が現れた……いや、魔物と呼んでよいのかも不明なのだが……」

えええ？　王都の中に魔物だって!!　一般市民が危ないということでしょう？　それは確かに緊急事態だ。

「父上、魔物と呼んでよいのかも不明……とは？」

「うむ。それにはまず、経緯を説明する必要があるだろうな……」

……ファーレン様の話をまとめるとこうだ。

いきなり王都の広場に４体のオークの姿をした石像が出現したらしい。

その石像に近づくと、石像を中心に４体のオークがいきなり宙から湧き出たというのだ。

そしてその湧き出たオークをきっかけに、他の３体の石像からも各４体のオークが連鎖して湧きだしたのだ。つまり都合16体のオークが王都のド真ん中でいきなり出現したのだ。

それは大騒ぎどころじゃない。

セシル団長率いる第二騎士団が制圧に向かったが、知っての通りオークという魔物は非常に強い。本来、Ｃ級の冒険者が複数で倒す魔物だ。

唐突の戦闘で、騎士団は大苦戦し、セシル団長も深手を負ってしまったとのことだ。

現在はお義兄さん率いる近衛騎士団が制圧に向かっており、事態は収束へと向かっているとのことだった。

……だが、その謎の石像がさらに王都内で見つかったという。

「オークの形をした石像……どういうことなんでしょう」

「分からん。原因を突き止めねばならんが、悠長に調べている暇もない」

そうだよね。放っておけばモンスターの湧きでる石像なんて、調べている人が怪我をしちゃうかもしれない。見つけたらすぐ壊すのが正解だと僕も思う。

「しかし、問題はそれだけではない」

「え、まさか……」

「そうだ。新たな石像が見つかった……この異常事態、スカジ様の知恵をお借りしたかったのだが」

「そのスカジ様ですが……急いでローラシア王国に戻るそうです」

「ここの管轄はフェンリル様だとも言っていたぞ」

王様は僕とシルフィの言葉に、ものすごく落胆したような表情になってしまう。

「そ、そうか……いや、だが仕方あるまい。これほどの異常事態だ。ローラシア王国でも同じことが起こらんとも限らんか」

うん、今となっては僕もそうなんじゃないかと思う。

でも、そうすると……これって、誰かの仕業(しわざ)ってこと？　魔王軍は魔王カイエンも死んだっていうのに……一体誰が？

「とにかく、今は新しい石像だ。これをいつまでも放置するわけにはいかん」

新たに見つかった石像はゴブリンの形をしているそうなので、おそらく近づけばゴブリンが湧くのだろう。

「いつも頼ってばかりですまないが、こちらから要請したタイミングで石像の駆除に力を貸してほしいのだ。ああ、あと、フェンリル様は正体をご存じないかも確認してくれ」

「はい。早速聞いてみようと思います」

僕が背筋を伸ばしてそう言うと、ファーレン様は再び立ち上がって大きく頷く。

「頼んだぞ、マイン。何か分かったらすぐに知らせてくれ」

「分かりました！」

フェンリル様に【念話】を繋げると、フェンリル様からはすぐに反応があった。

『マインかい。石像の魔物のことだね？』

『え？　もうご存じなんですか？』

ビックリだ。まさに今、そのことを聞こうと思っていたのに！

『……ふん。知ってるよ、よ～く知ってる。だがそれについての説明は女神様に聞いてくれ』

え？　女神様って？

『なんだい？　分からないなんて顔してさ、お前はマイヤから【女神交信】のスキルをもらったんだろう？　それを使ってみるんだよ』

ああ、確かにもらったよ。恐れ多くて使うのは躊躇われたけど。

『事前に私がこれからお前が交信しますと伝えておいてあげるから、今から使ってみなさい、今からかあ。ちょっとドキドキする。

『……め、女神様……』

【女神交信】を使用して、僕はフェンリル様の言う通りに女神様へ語りかけてみた。

『この声は、マインかしら？　やっと声をかけてきてくれたのね！　遅かったじゃないの？』

『はぁ、申し訳ありません』

『しかし、あなたのスキルの使い方はビックリしちゃったわ。私も全く想定してなかったからね』

『……はぁ、恐縮です』

『それで、何？　用件は？』

『いや、その。フェンリル様が石像の魔物については女神様に聞けと言われたので』

『ああ、アレね？　困ったことになったわねえ……』

な、なんと女神様が困ったと言うほどのことなんだ、あの石像は。

恐る恐る女神様に聞き進めたところ、とんでもないことが分かった。

これをファーレン様に報告するのはなんとも気が重いよ。

女神様が言うには、この世界には裏世界というものが存在しているらしい。僕らの世界で分かりやすく言うと影らしいんだ。

その影の世界はアンダーワールドと呼んでいるらしいんだけど、アンダーワールドは女神様とは違う神が管理しているらしいんだ。

それで、僕らの世界に神獣様が存在するように、アンダーワールドにもそういった存在がいるんだって。その存在は影王というらしい。

それで、石像だけど。影王の部下なんだって。

偶然……というか、闇の神獣ヘル様が魔王カイエンに協力した時にたまたま、この世界とアンダーワールドが繋がってしまって……そこから湧きでてきたということなんだ。

アンダーワールドには僕らの世界にいる魔物とは別の存在の魔物がいるんだって。

豚を元に魔族化したのがオークで、ヤドカリを元に魔族化したカリン。ダチョウが魔族化したヤグト、さらに魚が魔族化したサハギン。こういった未知の魔物も存在してるらしい。

あ、最近僕らの世界で存在が発見されたアンティカも、アンダーワールド固有の魔物らしいんだ。こいつは蟻(あり)の魔物だね。

なんでも影王がこの偶然繋がった場所を利用して、僕らの世界に進出しようと企んでいるらしいんだ。

これを防ぐには、その繋がった場所からアンダーワールドに乗り込んで影王を討たないといけないらしい。

厄介(やっかい)なことに、アンダーワールドの魔物は僕らの世界の魔物よりも凶暴で強いらしいんだ。

こちらにも向こうにも存在する魔物はオーク、ゴブリンの2種類だけらしいけど。

それで女神様から僕に一つ依頼というか、お願いをされたんだ。

『影王を討て』と。

けど、そんなことを言われても相手は神獣様と同列な存在だ。

いくら女神様のお願いでも、僕に倒せる相手とは思えないよ。

『マイン、私とて無理を言ってることは分かっているの。ですから、私からかわいい我が世界の者たち全員に贈り物をするわ』

『贈り物、ですか？』

『ええ、そうよ。それはね……』

……えーっと。説明された女神様からの贈り物はとんでもない物だった。

これは間違いなく大騒ぎになる。断言してもいい。

その女神様からの贈り物というのは、大きく分けて2つだ。

一つめは現在成人の際に授かるスキル、これを20歳を迎えるともう一度授かることができるというもの。これだけでもすごいことだよね。

一度15歳でスキルを授かった者も20歳になっていれば、あらためて神殿に行けば再度スキルを授かることができるそうだ。つまり強い人はもっと強く、強くない人も強くなれる組み合わせになる可能性があるってことだよね。これだけでも世界全体の力を大きく上げることができると思う。

そして、もう一つは優れた武器や防具の提供、だ。

世界各地にバトルフィールドという場所を用意して、そこで行われる戦闘に勝利すると特定の武器や防具を入手できるというものだ。

この武器や防具は女神様の祝福がついており、非常に高性能になるとのことだ。

ただ、これだけだと鍛冶師の人たちが失職してしまう。だからこそ、鍛冶関連のスキルの性能が底上げされるし、バトルフィールドも決して簡単なものではないらしい。

限られた『戦いに向いている人』が、女神様の祝福のついた武器を手に入れられるってことだね。それなら安心だと思う。

あ、そうそう。影王と戦うに当たって、僕も一つ新たなスキルをこの場で授かることができたんだ。どうせあげるんだから、わざわざ神殿に来る必要もないってことらしい。女神様、ありがとうございます。

ちなみに、そのスキルだけど……。

【女神の印】：スキルを使用する前に使用するとそのスキルの効果を大きく向上させる。

……これだ。

例えば【体力回復小】を使う前に使用すると、効果が【体力回復極大】になるんだって。

正直、非常にありがたいスキルです。本当にありがとうございます、女神様。

……さて、必要なことはあらかた聞けたし。そろそろ、報告しなきゃね。さっきからみんなの視線が痛いからね。

『……マイン』

「え？　なんでしょう女神様」

『私からの贈り物だけど……もしかしたら、そのほとんどは使う機会が訪れないかもしれないわ』

『どういうことですか？』

どれも有用なものだし、ファーレン様なら全力で有効活用しそうだけど。むしろ、自分が先頭に立つと言いかねないと思う。

……うん、バトルフィールドに籠ると言いだすファーレン様の姿が目に見えるようだよ。

『……アンダーワールドが私と違う神の管轄だと説明したわね？』

『はい』

違う神様、違う世界。ものすごく大きな話すぎて完全に理解はできなかったけど……ちゃんと覚えてる。でも、それがどうしたっていうんだろう？

『なぜその神が影王を止めないのか。そう思わなかったかしら？』

『あっ』

そうだよね、その通りだ。影王がアンダーワールドにおける神獣のような存在であるなら、その神様からストップがかかってもおかしくないのに。どうして侵攻を許してるんだろう？

それだけじゃない。アンダーワールドにおける他の神獣様のような存在が影王を止めたっていいはずなのに、それもないってことだよね？

それはものすごく不思議な……いや、変なことだと思う。ユミル様だって、その場では止められなかったけど、あとから他の神獣様に怒られたくらいなのに。

アンダーワールドは別の世界だから……っていうのは理由にならないと思う。

つまり、何か他の事情があるってことだけど……。

『私はあなたから連絡が来る前から、向こうの世界の神と交信を試みていたわ』

さすが女神様だ。そういうこともできるんだね。でも、そう言うってことは……上手くいかなかったってこと、だよね？

『返答はなし。交信が繋がった気配すらないわ。これがどういう意味か……』

交信が繋がらない？　そんなことがあるのかな？

世界が違うから……ってのはないよね。女神様がやってることだもの。

確実に繋がるものが繋がらない。それって……。

『もしかして、向こうの世界の神様がもういない、ってことですか？』

そうだとしたら大変だ。神様がいなくなるなんて、どうなってしまうんだろう？

この世界の女神様がいなくなってしまったら……と考えてみるけど、そうなったら世界は大混乱だと思う。そんなことがアンダーワールドで起きているっていうんだろうか？

『そこまでは分からないわ。私も引き続き調べてみるけれど……最悪の可能性も想定しなければならないわ』

『最悪の、可能性……』

一体何が起こるっていうんだろう。話が想像以上に大きくなりすぎて、予想すらできないよ。

でも、これがとても大事な話なんだってことくらいは理解できる。影王と、その配下の石像の魔物によるアンダーワールドからの侵攻……気を引き締め直さなければいけないね。

『気を付けて、マイン。あなたがこの世界を救う鍵よ』

『はい、十分に気を付けます』

僕は女神様にそう答えると【女神交信】を終わりにして、再びフェンリル様に【念話】を繋げた。

『フェンリル様、女神様からいろいろお聞きしました』

『そうか、影王との戦いの折りには私たち神獣で人化できる者が同行させてもらうよ』

『人化……スカジ様特有の力と聞いてましたけど、まさか』

『ああ。具体的にはスカジとユミル……あとはヘルの三柱だね』

スカジ様とユミル様、かあ。ヘル様にはお会いしたことがないはずだよね。でもユミル様の強さは話に聞いているし、スカジ様は魔王を倒したくらいの神獣様だ。僕が思っているよりもずっと頼りになる戦力だと思う。

『それはとても心強いですね！　……けど、フェンリル様は付いてきてはいただけないのですか？』

『……私は残念ながら人化できないんだよ。だけど私のぼうやがいるじゃないか！』

『わっふるですね。はい、とても頼りにしています！』

『ああ。頼むよマイン。私のぼうやのことも……世界のことも、ね』

フェンリル様が僕に頭を下げる気配が伝わってくる。

大きな期待に潰（つぶ）されちゃいそうだ。でも、きっとどうにかなるよね。

いや、違う。どうにかしなきゃいけないんだ。世界のためにも。

……さて、ファーレン様は一体どんな反応を見せるのだろうか。

正直言うと話がでかすぎて怖いんだけどね。

なんだかいつの間にかシルフィがいなくなってたけど、僕はファーレン様に頼んでお義兄さんとルイス様を呼んでもらった。

「それでマイン、フェンリル様はなんと？」

……どこから説明したものかなあ。すごく緊張するよ。

うん、一つずつ説明していくしかないよね。まずは……うん、ファーレン様が一番気にしているであろう石像の魔物のことから説明していこうかな？

「ええっと、例の石像の魔物に関することなのですが……」

「うむ、分かったのだな⁉」

思った通り、ファーレン様は石像の魔物、という単語にものすごい喰いつきを見せてくる。

この話題を選んで正解だったけど……今すぐ解決できるっていう類の話じゃないのは気が重いよね。ファーレン様としては、そういう話を期待しているだろうし。

僕は額の汗を拭いながらアンダーワールドの存在と影王のことを話した。

「魔王が片付いたと思ったら今度は影王か。やれやれだな……」

「ふむ。話を聞く限り、またマインに頼らなければならないだろうな……」

「国民への告知はどうしますか？」

「こんなこと、発表できるわけないだろう」

お義兄さんの質問にファーレン様が返事をした。

「しかし……」

「しかし、も何もない。アンダーワールドなる世界の神獣様が攻めてきている、石像の魔物はその尖兵だ、などと発表してみろ。混乱が起こる程度の話ではすまんぞ」

その通りだよね。もう一つの世界からの侵攻っていうだけでも怖い話なのに、その原因が神獣様に相当する存在からのものだなんて。しかも、それが王都に発生しているだなんて。

戦えない人……それも王都に住んでいる人からしてみれば、絶望にも近い話だと思う。

発表できるわけがないっていうファーレン様の言葉には僕も頷くしかないし、お義兄さんも「むう」と唸って黙ってしまう。

……空気が良くないね。ここは、次の話題で空気を変えるしかなさそうだ。希望に満ちた話だからね、きっとできるはずだ。

「でも、良い話もあります」

「うん？　良い話？　どんな話だ？」

僕の言葉に、ファーレン様は思った通りにのってくれる。ファーレン様自身、この空気を変えたいという思いがあったんだろう、その目は期待に満ちている。

「はい。この話があったのでお義兄さんとルイス様にも同席いただいたのです」

まず僕は、20歳で再び神殿にて新たなスキルを授かれるようになることを話した。

「なんと……」

3人が口を開けて呆気にとられているけど、当然の反応だよね。身近で言えばファーレン様がさらに強くなる。身近でない場所でも、例えば組み合わせがダメだった人にも希望ができる。これがどれだけ素晴らしいことか、分からない人なんていないはずだ。

「それは素晴らしいな……！　今すぐにでも神殿に行きたいくらいだ！」

「確かに。これはすぐにでも告知すべき案件では？」

「いやいや、待て。きちんと根回しをしなければ大きな混乱が起きる。まずは各国に使者を出さねば……」

言いかけて、ファーレン様はピタリと動きを止める。

「しかし、どう説明したものかな。まさかマインが女神様と交信できるとは言えんしな……」

「神託を授かったことにするのはどうでしょう」

「神託だと？」

なんかお義兄さんから不穏な単語が聞こえたぞ。神託だって？

「ええ、そうです。義弟（マイン）が英雄として他国に知られていることを利用するのです」

「……なるほどな。確かに英雄として知られるマインが女神様からお言葉をかけられても不思議ではない、か」

いやいや、ちょっと待って⁉

「不思議ですよ！　それって大変なことになりませんか⁉」

僕がそう叫ぶと、ファーレン様はフッと悪戯（いたずら）っぽく笑う。

「問題ない。ほんの少しマインの名声が高まるくらいだろう。縁談が増えるかもしれんが……こちらで断れるものは断っておいてやる」

これ以上お嫁さんが増えていっても正直困る。うう、でも他に案なんて思いつかないよ。【女神交信】を僕が使えることは秘密にした方がいいってのは理解できるし……。

「よし、ではその方向で調整しよう。マイン、確かに良い話だったぞ」

「えーとですね。実は、いい話はまだあるんです」

「ほう、そうなのか。聞かせてくれ」

ファーレン様に促されて、僕はバトルフィールドについて説明する。

新たなバトルフィールドという場所が設置され、高性能の武具を入手できるようになること……それを女神様から聞いたままに説明していく。

「おお……すごいな！　こんな事態でなければ、今すぐにでもそのバトルフィールドなる場所を見つけて行きたいくらいだ！」

「確かに、それもすごいな。その高性能の武具というのは……ダンジョン産の武具のような物なのか？」

お義兄さんが自分のライナス・スワードを見ながらそう問う。

「そこまでは分かりません」

「そうか、そうだな。だが……これはすごいことだぞ」

何度も頷くお義兄さんだけど、興奮から立ち直ったファーレン様は複雑そうな表情になっていた。

「いや、だが……そこまでのものが必要な事態ということだ。喜んでばかりはいられない」

「確かにそうですね。それに、これもしっかりと根回ししなければいけない案件です。そのバトルフィールドとやらの仕組みによっては、大混乱が起きます」

「ああ。それは女神様の本意ではあるまい。今から調整を始めなければな」

そう言ってファーレン様たちは話し合いを始めてしまう。

……うん、ここから先は僕がいる必要はなさそうだよね。

「報告は以上です」

僕は立ち上がり、深く礼をして部屋を出ることにした。

僕が立ち上がったのにも国王様たちは気が付かないようで、真剣な表情で話し合っている。

じゃまにならないように、僕はゆっくりと【気配遮断】を使用してドアまで歩いて扉を開けた。

すると、完全武装したシルフィが笑顔で立っていたんだ。

「旦那様、待っていたぞ。王都に出現した石像の駆除に行かないか？」

ああ、そうか。お義兄さんがここにいるということは今、町の中の駆除部隊はいないということだよね。

頼まれてもいたし……これはアンダーワールドの魔物の強さを実感するチャンスだね。

「じゃあ、早速……」

そう言いかけたその瞬間、僕の頭の中に【念話】が届いた。

『マイン』

えっ、この声って……もしかしてヨルムンガンド様⁉　まさか、僕に【念話】を繋げてきたの⁉

『話は聞いているよ。だが女神様からのお言葉だ。石像の魔物に挑む前に、まずはいい加減こっちに来な』

『女神様が？　分かりました』

『ああ。今のお前に必要なものも手に入るだろう……もっと早く来れば水を差さずに済んだんだがね』

『うっ……すみません、すぐにそっちに向かいます』

『そうかい？　じゃあ待っているよ』

そうだよね。そっちは前から頼まれていたんだし……戦力の強化にもなるはずだ。

「アイシャ、ごめん、石像の魔物の駆除はあと回しかな」

「旦那様が言うなら構わないが」

取りあえず、クランに戻ってからパーティーの組み直しかな。

組み直しだけど、みんなを集めてから案を発表することにした。
僕、シルフィ、アイシャ、ピロース、わっふる、クゥで組んでいるのを、ピロース、わっふる、シーラ様、サーシャ。僕、アイシャ、シルフィ、クゥの2組に分けようと思うんだ。

これは盾役・攻撃役・探索役・魔術師・回復士という役割できちんと組むことを目的としてるんだ。というか、女神様からのお話の件もあって、シーラ様もクランに入っている。だからっていうのもあるんだけどね。

ただ、僕たちの場合、１人で二役も三役もしてしまえるのでこれにこだわる必要はないとも言えるんだけど。

「旦那様、パーティーの組み直しは分かったが次の目的地はどこなんだ？」

シルフィが控えめに尋ねてくる。

「次は、牢獄のダンジョンの予定だよ」

「「牢獄のダンジョン？」」

……そうか。詳しく話してなかったよね。僕はヨルムンガンド様からの話を簡単に伝えながら、牢獄のダンジョンについて説明していく。

「竜族のダンジョンだって⁉」

「うん、そうだよ。ヨルムンガンド様がスキルを好きなだけ持っていっていいって」

「シーラとサーシャには厳しいのではないのか？」

シルフィが心配そうに呟く。

「ところでマイン君。牢獄のダンジョンというのはどこにあるの？」

アイシャが聞いてくる。

「場所はよく分からないんだけど、【固有魔法・時空】は使えるよ」

そうだ、牢獄のダンジョンについてもっと情報を得て、みんなと共有しておかないといけないよね。

そう考えて、僕はヨルムンガンド様に【念話】を繋げる。

『ヨルムンガンド様、ヨルムンガンド様』

そのためにも……まず、ヨルムンガンド様に牢獄のダンジョン攻略について話を通しておかないといけないよね。

『お、マインか。もうこっちに来る準備ができたのか?』

『はい、それで牢獄のダンジョンのことをもう少しお聞きしようと思いまして』

『いい心がけだ。準備を怠る者にダンジョンはやさしくないからね』

ヨルムンガンド様の説明で分かったことはこうだ。

牢獄のダンジョンは5階層に分かれており、各層にフロアボスに相当する強力な竜種が捕らわれているとのことらしい。

拘束はされているが、スキルは使用できるそうなので、戦闘になる場合もあるとのことだ。

戦闘になった場合、倒してしまっても構わないそうだ。もちろん、素材も持ち帰っていいとのこと。

ただ、各階層ごとにそのボスの眷属の竜人族がじゃましに来る可能性があるとのことだ。

あと、牢獄のダンジョンの側にアルザビという城塞都市があるらしいので、そこを拠点に攻略するのもいいだろうとのことだ。

……ん？　アルザビ？　何か嫌な予感のする名前だね。

『……なるほど、分かりました、頑張ってみます』

『くれぐれも気を付けて進むんだよ、死んだりするんじゃないよ』

僕は家族全員にヨルムンガンド様から聞いたことを説明する。

「……アルザビ……」

アイシャがつらそうにそう呟いた。

「マイン君、申し訳ないけれど、私はアルザビには行かないわ」

「……え？」

「旦那様、アルザビはアイシャの故郷で、ちょっとわけありなんだ」

シルフィが渋面を浮かべて補足した。

故郷……。わけあり……。そう言えば、結婚式の時にいつか話すとアイシャから聞いたよね。

どういうわけだろうと思ってはいたけど……そういうことなら仕方ないね。

アルザビを拠点にするのはなしだ。アイシャの方が大切だもんね。

「じゃあ、アルザビに行くのはなしにしよう。僕はアイシャの方がずっと大切だもの」

「マイン君……ごめんね」

「謝る必要なんかないよ。僕がそう決めたんだから」

そう言うとアイシャは申し訳なさそうな、けれど嬉(うれ)しそうな表情を浮かべる。

アイシャの事情が気にならないといえばウソになるけど……アイシャが話してくれる時が来るまで、僕は待つつもりだ。それがきっと、夫婦っていうものだよね。

「フランツ団長、ガンツさん。行ってきますので留守をお願いしますね」

いよいよ出発にあたりクランハウスが手薄になってしまうので、エイミさんの護衛などをフランツ団長にお願いしておく。

「分かりました。お任せください」

フランツ団長は胸に手を当てて頭を下げて快諾してくれる。

なお、フランツ団長たちにはダンジョンに行くとしか伝えていない。

ヨルムンガンド様のこととかを伝えても、ビックリされるだけだと思うしね。

クランハウスから自宅に戻り、早速【固有魔法・時空】を使用した。

一度ヨルムンガンド様に連れて行ってもらっているので、実にあっさりと到着した。

「……ここが牢獄のダンジョンの入り口かあ」

力のダンジョンみたいに石で組み上げられた立派な門が、目の前にあった。

門をじっと見ていると、何かゾクッとする感じがする。

【気配察知・大】で確認してみると、濃密な魔力が門から発されているのが分かった。

新規のダンジョンとは真逆だな。でも、このダンジョンの役割を考えれば当然なのかもしれない。

「旦那様、入らないのか？」

シルフィがライナス・スワードを抜き放ち、僕に話しかけてきた。

うん、いつまでもここにいるわけにはいかないよね。

僕は意を決すると、先頭に立って最初の一歩を踏みだす。

「よし、突入しよう」

僕のかけ声で全員が門の中へと足を踏み入れる。

……新しい迷宮（ダンジョン）っていうのは、なんだかドキドキするなあ。

そんなことを考えていると、わっふるが何かに反応した。

『まいん、なんかくる』

わっふるが鼻をひくひくと鳴らして警告を発してくれる。

うん、確かに僕の【気配察知・大】にも反応がある。

真正面50メートルくらい向こうから何かが歩いてくる。

こんなところに他の冒険者なんているはずもない。となれば……。

【視力強化】で確認し、【鑑定】してみると……。

名前：ガル・ウイング　LV：35　種族：竜人族　性別：男
【スキル】片手剣・聖　盾術・聖　竜言語
【アビリティ】なし

……これがヨルムンガンド様が言っていた竜人族か？

竜族の眷属というだけあって強いスキルを持ってるね。

このスキルだと僕に貼り付けるよりも、シルフィに貼り付けて彼女をパワーアップした方がいいだろう。

「……みんな、気を付けて。竜人族だ」

僕がそうみんなに言うと、竜人が僕たちを警戒心むき出しの視線で睨みつけてくる。

……バリバリに敵意を感じるね。話が通じるか、ちょっと怪しそうだ。

でもいきなり戦闘を仕掛けるわけにはいかないよね。

どうしようかと考える僕に、竜人が剣を向けてくる。

「貴様ら、何者だ。ここを誇り高き龍の王の寝所と知ってやってきたのか？」

「僕たちは神獣ヨルムンガンド様の許可を得てここにやってきたんだ」

僕が前に出てそう答えを返すけど、竜人の警戒が解けた様子はない。

いや、むしろ警戒の度合いが上がったような……？

「ここに何しに来た？」

「それは……」

「我らが王に何かする気なのであろう？　ならば、ここは通すわけにはいかぬ」

……ああ、これはどうやら戦闘は避けられそうにないね。実際にスキルを【カット】するつもりだし、何かする気と言われればその通りだしね。

取りあえず、スキルは【カット】しておこう。

『シルフィ、今スキルを渡すね』

僕はシルフィに今切り取った2つのスキルを【ペースト】し、収納袋から以前入手した【ロウバウトシールド】をシルフィに手渡した。

「……貴殿の相手は私がしよう」

シルフィがずいっと前に出て剣を構える。

「ふむ。やはり我らが敵か」

シルフィがライナス・スワードをブンと振りながら、左手にロウバウトシールドを装着した。

『シルフィ、気を付けてよ。スキルは奪ったけど、強敵だよ』

僕がそう言うと、不敵に笑みを浮かべる。

「大丈夫だ。私を信じろ」

そう言って、僕が以前貼り付けた【豪腕】を使用する。

そして激しく竜人と剣をぶつけ合った。

ライナス・スワードと互角に打ち合うなんて、ひょっとすると竜人の剣も業物（わざもの）なのかな？

急いで【鑑定】してみた。

名前：アルマス・スワード　攻撃：＋70　階級：超級　属性：光　特攻：ドラゴン
備考：時々2倍撃　武技：シャンディッシュ・クラッシュ

うっ、結構すごい剣だ。ライナス・スワードといい勝負だ。

これもレアモンスターのドロップ品だろうか？

『シルフィ、気を付けてね。あの剣も専用の武技があるよ』

シルフィに慌てて【念話】を飛ばすと、ライナス・スワードが青白く輝いた。

「くらえ！【武技：サクリファイス・ツヴァイ】」

僕の忠告を聞き、先に勝負に出たシルフィだったが、竜人は背中から巨大な羽根を出して宙を舞い、シルフィ渾身（こんしん）の一撃は見事に回避されてしまった。

空を飛ぶとは……ずるいな。いや、ずるくはないのかな？　もともと持っている能力だしね。

【カット】することもできない種族特性のようなものだ。

当然ながら宙から攻撃を行う方が、圧倒的に有利だ。

だが、当人であるシルフィはというと少しも焦らず、壁に向かって猛然と走り始めた。そして壁を蹴り上げた反動をもって、そのまま宙を駆け上がっていく。

そうか！　シエル・スーリエ……宙を駆けることができる靴があった。

一体いつの間に練習したんだろう。

「……姫様、頑張って練習したんだよ」

アイシャが宙を駆け、竜人と打ち合うシルフィを見上げてそう呟いた。

そうなのか……。分かってたことだけど、シルフィは努力家だよね。伊達に姫騎士なんて呼ばれてたわけじゃない。

そうしている間にも、竜人とシルフィの戦いは激しさを増していく。

一見、互角に見えた戦いだったが、徐々にスキルを失った竜人がシルフィに押されていく。

剣戟の合間をぬってシルフィは【固有魔法・雷】を連発し、竜人の動きを牽制する。

さらに何度目かの剣の打ち合いで竜人の持つ剣に亀裂が入った。けれどシルフィのライナス・スワードには【再生】が張り付いているから、折れたり欠けたりすることはない。

そのことに気付いたわけではないだろうけど、竜人は軽く舌打ちして武器を構え直す。

「ヒューム族の女よ、なかなかやるな。名残惜しいが……これで決着をつけてやろう。【武技：シャンディッシュ・クラッシュ】！」

竜人の発する言葉で彼の剣は赤く光り輝いた。

やばい、これはアルマス・スワードの専用武技だ。どんなものか分からないけど、きっと強いもののはずだ！

……しかし、その武技が発動することはなかった。ものすごく強力な武技だったんだろう、けれど……今のアルマス・スワードには亀裂が入っていて十全に性能を発揮できない状態だ。

だからこそ、おそらく武技の持つ衝撃に耐えることができなかったんだろうと思う。

竜人の持っていた剣は唐突に真っ二つに折れて、辺りに飛んでいく。いっぽうカウンターでシルフィの放ったライナス・スワードは竜人の体を見事に捕らえた。

「ぐ、は……っ！」

これ以上ないくらいの決着だ。

砕け散ったアルマス・スワードの破片の一つは、僕の目の前に落ちてきた。

竜人の体も真っ二つに切り裂かれ……てはいないけど、かなりの怪我を負った状態で竜人は地面に倒れ伏す。

「勝負はつきましたね？　先に進ませてもらいます」

僕がそう言いながら【回復魔法・大】をかけてあげると、竜人は悔しそうに唸る。

「進むがよい、だがこの先には我より強い戦士が立ち塞がるだろう」

「そうか、覚えておこう」

シルフィは言いながらライナス・スワードを鞘に仕舞う。

「この剣の破片はもらっていくぞ」

シルフィが砕けたアルマス・スワードの欠片（かけら）を持ち上げて竜人に宣言する。

「……好きにせよ、どうせもう使い物にならん」

まあ、普通はそう考えるよね。でも僕たちは違う。竜人をその場に残して歩きながら、シルフィが僕にアルマス・スワードの欠片を差しだしてくる。

「旦那様、これは直してピロースに使わせよう」

確かに、それがいいと僕も思う。なにしろ、このあとも戦闘がありそうだ。ピロースに良い武器を使ってもらうことは重要だ。

手に入れた破片は2つ。【再生】を使えば、もしかすると……だけど。

さっきのアルマス・スワードが2本手に入る可能性だってある。そうできれば儲けものだし、今後の参考になるよね。

「じゃあ、早速やってみようか」

そう言って、早速破片の一つに【再生】を貼り付けた。

するとみるみる、砕けて不足していた部分が再生されていき、5分もかからず、アルマス・スワードが復活したんだ。

これは……成功だけど、もっと大きなものを手に入れた気がするよ。一つしか手に入らない武器でも、【再生】さえあれば増やせるってことが分かったからね。

しかも【再生】をつけた武器は元よりも壊れにくくなる。これからのことを考えると、すごく大きな発見だ。

「……うん。しっかりと復活しているようだな」

シルフィが復活したアルマス・スワードを手に取り、ピロースへ手渡す。

手渡されたピロースは少し考えてから、それを受け取った。

「打ち合ってみた感想だが、ライナス・スワードよりも強く感じた。ピロースが持てば相当な戦力になるだろう」

シルフィが言う通りだと僕も思う。

【鑑定】した限り、攻撃力はライナス・スワードよりもアルマス・スワードの方が確かに上だ。だけど、今回は【再生】の差が出た感じだね。

もしアルマス・スワードにも【再生】がついていたら……勝負の行方は分からなかったと思う。そのくらいにすごい剣だ。

ちなみにピロースのアルマス・スワードには【再生】はつけっぱなしにしておくから、仮に他の剣と打ち合っても、もうそう打ち負けることはないだろうと思う。

破片は僕の拾ったものがまだある。でもまあ……これは今は収納袋にしまっておこう。

あとで【再生】をつければアルマス・スワードがもう1本出来上がる。

まあ、これは今すぐやらなくちゃいけないってわけじゃないからね。

でもきっと、いつか必要になるだろうという予感もあった。それが具体的にいつか、なんてことまでは……分からないのだけれども。

予定外の戦闘を終え、僕たちは先へと進んでいく。50メートルほど進むと辺りの気温が急に下がってきた。まるで冬のような気温となった。

「……こ、この寒さはいくらなんでもおかしいんじゃないか？」

ピロースがそう呟く。

【気配察知】で確認すると、前方に大きな反応が一つ確認できた。

「みんな気を付けて、何か巨大な者が前方にいるよ」

【地図】を広げて確認すると、前方の大広間に竜族がいることが分かった。

名前：イスゲビンド　LV：78　種族：竜人族　性別：男
【スキル】絶対零度アブソリュート・ゼロ　特殊・範囲極大氷魔法　スパイクフレイル
　飛翔
【アビリティ】フロストブレス

うーん、なかなかに危なそうなスキルをいくつか持ってるね。使わせるわけにはいかないよ。

だから、早速スキルは【カット】してしまう。

【絶対零度アブソリュート・ゼロ】はアイシャに、【特殊・範囲極大氷魔法】は僕に、【スパイクフレイル】【飛翔】はわっふるに、【フロストブレス】はクゥに貼り付けた。

牢獄のダンジョンに着いてまだそれほど時間が経っていないのに、いっぱいスキルが増えたなあ……。それも強力そうなスキルばっかりだ。もっと早めに来た方がよかったかな？　まあ、今さらだけどね。

そして【地図】を見る限り、この竜を回避して先に進むのは無理そうだ。これは倒す必要があるね。

「みんな、この竜は僕とわっふるだけで戦うよ。みんなは一度下がって待っていてくれる？」

「旦那様とわっふるだけって……危険ではないのか？」

シルフィが心配そうに呟いた。

「大丈夫だよ。安心して見ててくれる？」

「旦那様がそう言うなら……」

「うん、任せて。さあてっと……竜のドロップ品って一体なんだろうね」

「もう、マイン君ってば」

アイシャが呆(あき)れたような声を上げるけど……そう、僕はイスゲビンドを確実に倒す自信があった。

具体的には、わっふるが攪乱(かくらん)して僕がトゥワリングでとどめを刺す。黄金パターンと言い換えてもいい。だから、そこに別のことを差し込む余裕さえあった。

「あ、全員、わっふるの【重力の魔眼】が始まったらイスゲビンドに一撃入れてほしいんだ。石をぶつけるだけでもいいから」

そう、こいつを倒せばきっと大きな経験値が手に入るはずだ。そして戦闘に参加してないと経験値は入らない。

だからこそ、僕とわっふるだけが手に入れるのではもったいない。

「私はともかく、シーラは難しいのではないか？」

シルフィがそう呟く。なぜかな……と考えて、すぐにその理由に思い至る。

そうか、シーラ様には長距離の攻撃方法がない。でも、それならそれで問題はない。

手持ちで余っている魔法をペーストしよう。

「えーっと、今から、シーラ様とサーシャ、ピロースにいくつかスキルを貼り付けます」

まず、シーラ様とサーシャ、ピロースの3人に【再生】と【獲得経験値10倍】と【固有魔法・雷】をペースト。

そして3人に、どんなスキルを貼り付けたのか説明していく。

「今貼り付けた【固有魔法・雷】を使ってもらえる？」

「あなた……私は最初から魔法使えるわよ」

「サーシャの魔法は範囲魔法だから、わっふるも危ないからね」

「あ、そういうことね」

そう、わっふるに撹乱してもらう以上は巻き込むわけにはいかないからね。

「全員、当てたら報告ね」

全員当てていないのに倒したら、その人に経験値が入らないからね。これは必須だ。

さて、次はっと。

『わっふる、作戦会議だ』

『わふっ、おれにまかせろ！』

『いいかい、わっふる。まず【飛翔】で飛び回ってドラゴンの注意を引いてほしいんだ』

『ふらいんぐわっふるだぞ、がおー』

『それで、【重力の魔眼】で動きを封じてほしい』

『わかったぞ！』

『わっふる、全員が攻撃を当てるまで【重力の魔眼】は継続してね』

『わふっ、まかせろ！　けいぞくするぞ！』

『動きが止まったら僕が【固有魔法・時空】で後ろに回り込んで、シャークグロウを撃つからね』

これでいい。これがベストのはずだ。

オークキングやトロールゲイザーのような魔物ですら葬り去ってきた。これが僕の持てる最大の攻撃だ。

『まいん、おれおもうんだけど、じゅうりょくのまがんよりもまいんのおうのいあつのほうがよくないか？』

『いや、今回はわっふるにお願いするよ』

『わふっ、おねがいされたぞ！』

「それじゃあ、作戦開始だ！」

僕がそう宣言すると、わっふるは大きく伸びて気合いを入れる。

そしてプカァと浮かんで天井付近まで移動する。

ここまでは今まで持っていた【空中浮遊】だろう。だいぶ慣れた動きで移動しているのが分かる。でも、これだけじゃない。

そう、今のわっふるにはついさっき【ペースト】した【飛翔】がある。これさえあれば、空中を自由自在に飛び回れるはずだ。

『じゃあ、いってくる！』

いつも通り僕たちに右前足を上げて「わふっ」とひと鳴きして、わっふるは凄まじい勢いでイスゲビンド目指して飛んでいってしまった。

そして、わっふるに気が付いたイスゲビンドは天井が崩れるんではないかと思うほど激しく咆哮した。うっ、すごい音だ……！

だが、わっふるはそれに構わず、打ち合わせ通りに【重力の魔眼】をイスゲビンドに向けて使用したようだ。よし、すごいぞ、わっふる！

「全員、攻撃開始!!」

シルフィがライナス・スワードを振り上げて号令をかけた。

すると、アイシャは弓を打ち放ち、シルフィとピロース、サーシャ、シーラ様は一斉に【固有魔法・雷】を打ち放った。

『マイン君！』

『旦那様、全員攻撃を命中させたぞ！』

『分かった、ありがとう！』

届いてくる【念話】に僕はそう返し、わっふるの【重力の魔眼】でイスゲビントが動きを封じられたままなのを確認する。

よし、大丈夫。なら、あとは僕の仕事だ！

僕はそれを見てトゥワリングを【リアライズ】で生成して【固有魔法・時空】でイスゲビンドの背後に回り込み、全力で【武技：シャークグロウ】を叩き込んだ。

そうすると、先ほどの咆哮よりもずっと大きな悲鳴を上げて、イスゲビンドはゆっくりと崩れ落ちていく。

崩れ落ちたあとには……。

名前：ドラゴン・クロウ　攻撃：＋150　階級：聖級　属性：氷　特攻：ドラゴン
備考：時々4倍撃　武技：ブルー・インパルス

これは……聖級の格闘武器だ。専用の武技もついてる。結構よさそうだ。

いきなり良いスキルと良い武器を得ることができた。幸先がすごくいいよね。

これはヨルムンガンド様に感謝だね。

「わふっ。まいん、ここにすごいのがはえてるぞ」

ん？　なんかわっふるが見つけたようだ。

慌ててわっふるの元に走っていくと、そこには薬草らしき草がいっぱい生えていた。

うーん、見覚えのない草だけど……わっふるが「すごい」って言うからには、きっと何かすごいものなんだろうね。

どれどれ、【鑑定】してみよう。

名前：霊験草　備考：万能薬エリクサーの材料となる。霊魔力が溶け込んだ水と一緒に【錬成】すると万能薬エリクサーとなる。

……これ、なんだ？

万能薬？　エリクサー？　なんだかすごそうってことくらいしか分からないや。

「ねえねえ、万能薬エリクサーって知ってる？」

僕がみんなに聞いてみると、シーラ様が答えを返した。

「どんな病気や体の欠損でも瞬時に治してしまうという霊薬ですね。それがどうしましたか？」

「……なんかこの薬草で作れるみたい……」

僕がそう言うと、全員が一瞬呆けた表情を見せて騒ぎだした。

「だ、旦那様。そ、それがあればエアリーも治せるんじゃないのか？」

シルフィが期待を込めてそう口にする。

そうか、エアリーの慢性的な魔力不足には、今は対症療法しかない。でもエリクサーが文字通りに万能薬なのであれば……もしかすると、効果があるかもしれないってことだね。試してみる価値はありそうだ。

僕たちは頷き合うと霊験草を採れるだけ採って、収納袋に放り込んでいく。

「ドラゴンの素材……こんなの、持って帰れるの？」

アイシャがイスゲビンドを見ながらそう呟く。

確かにこの巨体だと収納袋に入らないかもしれないね。

そうだなあ……取りあえず【カット】してしまおうか？

僕が【カット】しようと立ち上がると、ピロースも立ち上がって僕を手で制しながら「待て」と言いだした。

ピロースに制止をかけられ僕は、倒したイスゲビンドの【カット】を中止した。

「一体、なんだい？　ピロース」

僕が尋ねるとピロースは少し考えて、「お前にはまだやれることがあるだろう？」と答えてくる。

ピロースが何を言いたいのかよく分からなかったので悩んでいると、さらに彼女は一言、

「キメラ」とだけ僕に向かって言った。

キメラ？　なんのことだろう？

「マイン君、きっとアンデット化のことじゃない？」

アイシャがそっとそう教えてくれた。

「ああ、イスゲビンドを素材にしないでアンデット化させればいいんじゃないかっていうことかな？」

確かに、それも一つの選択肢だよね。

アンデットにすればあまり表だって使えないけど僕らの戦力増強にもなるし、素材を持ち帰る手段も考えなくていい。

10トンの収納袋でも、竜族ともなれば全て持ち帰ることはさすがにできないだろう。

もしそのつもりなら、とても大きな収納袋を作らないといけないかもしれないね。

取りあえずイスゲビンドはアンデット化しておこう。

【死者傀儡(かいらい)】を使用するとイスゲビンドの体の色が白から薄紫に禍々しく変化していき、最後に黒色になり『グォォォッ』と咆哮した。

ゆっくりと立ち上がって僕の前で大人しく座り、頭を垂れて動きを止めている。

次に【死霊召送還】を行うと、目の前にあったその巨体が瞬時に消え失せた。

「あなた！　一体何がどうなってるんです？」

「マイン様、何が起こったんです？」

その一連の様子を見て、サーシャとシーラ様が僕に疑問を投げかけてくる。

するとシルフィが僕の代わりに説明してくれる。

「ああ、それはな……」

うん、説明は任せてよさそう。

これで僕が呼び出せるアンデットモンスターは、キメラとイスゲビンドの2種類になった。

どっちのアンデットもS級以上の魔物だから、むやみやたら召喚することはできない。……だけど、よくピロースは覚えてたねえ。僕もすっかりこのスキルは忘れていたのに……【カット】してたらこのスキル使えなかったのかな？

……まだまだスキルには分からないことが多いなあ。

また一度、分からないスキルをピックアップして確認する機会を作らないといけないよね。

もしかしたら、僕が想像もできないようなすごい組み合わせが隠れてる可能性だってあるかもしれないからね。

「では次に進もう」

僕の作業が終わったのを確認して、ピロースが先を促した。

たぶん、次の層も眷属の竜人が現れることだろう。どうしたものかな……と考えている僕の肩を、ピロースが叩いた。

「ん？　どうしたの？」

「次の竜人は私が始末する」

ピロースが、そんな言葉を発した。ピロースが？　でも……。

「だけど、ピロースは空を飛べないでしょ？」

そう、彼女はシエル・スーリエを装備していない。また竜人が飛んだら、かなり不利だと僕は思う。もちろん、負けるかどうかは話は別だけど。

「飛べなくとも私は負けない」

自信満々のピロースだけど、それがシルフィには挑発に聞こえてしまったらしい。

「何を言う、次も私に任せておけばいい」

シルフィがムッとしながらそう割り込んでくる。

「馬鹿言え、次は私の番だ。お前こそ大人しくしてろ」

だが、ピロースも一向に退く気配はない。どっちも自分の実力に自信があるからね……このまま放っておくと、ケンカになりそうだ。それはよくない。

「……2人とも待った！　ケンカするくらいなら僕が行くよ」

『きゅきゅきゅきゅきゅきゅうぅぅぅ、ふたりともけんかはだめですーなかよくなかよく！』

僕だけではなく、クゥが尻尾をビタンビタンと振りながらシルフィとピロースの仲裁に入った。

けれど……実際問題としてピロースは空中戦ができないわけで、戦うとすれば空中戦が可能な、アイシャかシルフィとなる。

アイシャに関しては、盾役がいないのでは弓兵として力を発揮できないから除外だ。

僕が戦うなら【固有魔法・時空】があるし、他にも魔法をはじめとした遠距離攻撃の手段を持っているので飛べなくても問題はない。

僕たちの中で飛べるのは、アイシャとシルフィ、わっふるとクゥだ。そこから考えると次に戦うのはクゥがいいのかもしれないな。

「次の竜人と戦うのはクゥにお願いするよ」

『きゅっ？　きゅきゅきゅー、おにいさま、くぅでいいのですか？』

僕の突然の指名を受けて、クゥが心配そうに僕を見ながら聞いてくる。

『うん、クゥにお願いするよ』

僕の言葉に、ピロースは不満そうに……けれど、それ以上は何も言わない。

……こうして打ち合わせも終わり、僕らは次の層へと移動を開始する。

次の層に足を踏み入れた瞬間に……やはり来た。竜人だ。

名前：タイガーベーン・バックダック　ＬＶ：41　種族：竜人族　性別：男
【スキル】ブラッド・ウエポン　両手鎌・極　竜言語
【アビリティ】テール・クラッシュ

武器は巨大な鎌を持ってるな。
鎌というのはまた珍しい武器だね。知ってる人で使っている人はいないかな。
となると、ちょっと気になってくるよね。
……どれどれ、あの鎌はどのくらいの業物なのかな？
早速【鑑定】してみよう。

名前：アポロティカリス　攻撃：＋１３０　階級：破級　属性：闇　特攻：竜族
備考：時々10倍撃　武技：カタストロフィエクセラ

専用武技が付いてる！

鎌のことは分からないけど結構な業物じゃないかな?

「ここまで来たということは戦士ガルを退け、イスゲビンド様まで退けたということか?」

両手鎌の竜人、タイガーベーンは機嫌悪そうに、そう切りだした。

「そうだ。でも聞いてほしい」

「聞いてほしい? 何をだ?」

うん、一応話を聞く姿勢はあるみたいだね。話し合いで終わるなら、それが一番だ。

「僕たちは神獣ヨルムンガンド様に導かれてここに来た。あなたたち竜人族と戦う理由はない」

「ふん。それで?」

「退いてはもらえないでしょうか?」

「そう言って、戦士ガルとイスゲビンド様は退いたか?」

僕が必死に説明しても、タイガーベーンは薄く笑うだけで聞く耳を持ってはもらえないようだった。

「でも、僕たちは……」

「お前たちに戦う理由がなくとも我々にはあるということだ。強き者たちよ」

どうあっても戦いは避けられないようだ。

「では、どうあっても戦うと?」

「もちろんだ、我が王に近づく者には容赦せぬ」

「そうですか。なら……分かりました」

「よし。ならば構えろ」

『クゥ、頼むよ』

鎌を大きく振り回して構える竜人に向かって、クゥがぽよぽよと飛んでいく。

鯨型を初めて見たのか、竜人は呆気にとられて動きが止まった。

その隙を逃さず、クゥはいきなり【バブリブルシャワー】を繰りだした。

クゥから放たれた無数の泡が意思を持っているように、タイガー・ベーンに向かっていく。

「なんだ、そのピンクの物体が俺の相手ということなのか？ 俺を舐めてるのか？」

「舐めてなんかないよ、クゥは僕たちの中で1、2を争う強さの持ち主だし。神獣ケートス様の娘でもある」

僕がそう言い返すと、タイガーベーンは「うぬう」……と唸りを上げて【バブリブルシャワー】を鎌でなぎ払った。

しかし、【バブリブルシャワー】の威力を自ら受けに行ったのと同じなので鎌は大きくその軌道を逸らされ、彼の手から弾き飛んでいった。

クゥはそれを見て好機と捉えたのか、【神獣の突撃】を使用してとんでもない速度でタイガー・ベーンの鳩尾に体当たりした。

「ぐおおおお……がはっ！」

直撃を受けたタイガー・ベーンは吐血し、その場に座り込んでしまった。

『クゥのしょうりです！　きゅきゅ！』

「うちのクゥが勝利宣言をしてますが、まだ続けますか？」

僕がゆっくりとそう問いかけると、彼は予想とは裏腹に笑顔を浮かべて自分の鳩尾をさすりながらゆっくりと立ち上がって、クゥに向かって頭を下げながら敗北宣言してきた。

「いや～、強烈な一撃だった！　……これはちょっと無理そうだ。俺の負けだ。すまなかったな、戦闘前に君を舐めたことを言って」

ありゃ、ずいぶん態度が違うね。こっちが素ってことなのかな？

その言葉を聞いてクゥは嬉しそうに空中をクルクルと回転したあと、飛んでいった両手鎌を拾いに向かっていった。

そして口に咥えて、タイガー・ベーンの横にそっと置いたんだ。けれど、タイガー・ベーンはゆっくりと首を横に振る。

「……いや。これは君たちに差し上げよう。もう俺には不要の物だ」

「きゅう～～」

せっかく持ってきた鎌を受け取ってもらえず、クゥが大粒の涙を流して落ち込んでいる。

「すまないな。だがこれは戦士の誇りなんだ。分かってほしい」

そうクゥに謝ると、タイガー・ベーンは僕に視線を向けてくる。

「一つ聞こう。イスゲビンド様はどうなされた？」

「倒しました」

「我が王も倒すのか？」

我が王というのは、きっとこの先にいる竜族のことだろう。

先ほどのイスゲビンドの時と違い、気温に変化はない。ということは竜属性ではないのだろう。

「先に進むことができれば戦う必要はないよ。教えてくれないか？　この先にどんな竜がいるのか」

「……」

僕の質問にタイガー・ベーンは少し考えるように目を閉じ……やがて、ゆっくりと開いた目を僕たちに向けてくる。

「教えられないな」

「どうしても？」

「実力は認めたが、君たちは敵のままだ。故に、我が王の情報を敵に話すことはない」

そうか。なら……仕方ないよね。

「分かった。じゃあ僕たちは進ませてもらうよ」

タイガー・ベーンと戦った広間を先に先に進むと、巨大な気配を感じた。

名前：ニーズ・ヘッグ　LV：86　種族：竜人族　性別：男
【スキル】魔法ダメージ吸収　スパイクフレイル　飛翔
【アビリティ】パライズブレス

今度の竜族はコイツか。

属性は持ってないけど、【魔法ダメージ吸収】なんて変なスキルを持っている。

見た感じ、レベルは高いけれど、イスゲビンドと同じ作戦で倒せそうだ。

接触する前にスキルを【カット】だけしておこう。

もともと僕たちはスキルの【カット】に来ただけで竜を倒す必要性はない。

僕は竜人から【カット】した竜言語を使用して、ニーズ・ヘッグへ声をかけてみた。

『初めまして、ヨルムンガンド様の導きでここに来ましたマインと言います』

『ヨルムンガンド様から聞いておる。なんでも我らのスキルを取りに来たと聞いたが……』

『はい、申し訳ないですが、あなたのスキルは既にいただいております』

『なるほど、【カット】だな？　もらったということは【ペースト】も持っていると見える』

『……ご明察の通りです』

ザナドゥも僕のスキルを見抜いたけど、やっぱり分かるものなんだね。

『そうか、それを使ってイスゲビンドを倒したか』

『はい』

『我とも戦うと言うのか？』

『いえ、先に進ませていただければ戦う必要はありません』

『この先にいるのは我ら竜族の王だ。何もせずにお前たちを通したとなれば我が王より粛正(しゅくせい)されよう』

『僕たちは別にあなた方の命を絶ちに来たのではありません。お願いします。ここは退いてください』

頭を下げる僕に、ニーズ・ヘッグは少し驚いたように目を見開く。

『……頭を下げるか。もっと傲慢かと思っていたが』

『敬意は払います。それに戦いを避けられるなら、頭くらいいくらだって下げます』

僕がそう言えば、ニーズ・ヘッグは大きく息を吐く。何かを考えるような沈黙のあと……ニーズ・ヘッグは諦めるような表情になる。

『……よかろう、行くがいい』

『ありがとうございます』

【スパイクフレイル】と【パライズブレス】をクゥに貼り付け、【魔法ダメージ吸収】は魔法戦が予想されるサーシャに貼り付けた。【飛翔】は僕に貼り付けた。

そうしてニーズ・ヘッグの許可を得た僕たちは、次の層へと歩を進めた。

しばらく歩くと、そこは先ほどまでの層とは違って狭い通路となっていた。

その通路の行き止まりに、またもや竜人の気配を感じる。それも1つじゃ、ない。2つだ。

早速【鑑定】してみると……やっぱり竜人だった。

名前：ラトール・スカイゼッター　LV：39　種族：竜人族　性別：男
【スキル】両手斧・聖　武技：ゼット・サイクロン　竜言語
【アビリティ】なし

名前：ラトール・グランゼッター　LV：75　種族：竜人族　性別：男
【スキル】両手剣・聖　武技：レゾリューション　竜言語
【アビリティ】なし

「みんな気を付けて、竜人だよ。今度は2人いる」

「ふん。今度こそ私の出番だな」

僕が注意を促すと、ピロースがもう待ちきれないとアルマス・スワードを構えてそう宣言する。

さっきお預けをくらった分、今度は譲らないという気持ちが透けて見えるようだよ。

またダメって言おうものなら、僕に掴(つか)みかかってきそうだ。

「うん、次はピロースとアイシャにお願いしようかな？」

2対2なら、アイシャも盾役がいるので戦いやすいだろう。

それに、ピロースは僕たちの中では一番のパワーファイターだ。両手武器が相手でも、そう簡単に打ち負けることはないだろう。

「ピロースはアイシャを守りつつ戦ってね」

「ああ、分かっている。アイシャには指一本触れさせない」

アイシャとピロースが通路を進んでいくと、両手斧の戦士がずいっと前に進んできた。

「なんだ、お前たちが相手なのか。知ってるぞ！　ヒューム族は空を飛べないだろう」

嫌らしく笑う両手斧の戦士に続き、両手剣の戦士が口を開く。

「知ってるのか、お前ら。上空からの攻撃の方が有利に戦えるということを……そして俺たち竜人族は空を飛べる！　これがどういうことか分かるな？　ふひひ」

うーん、今まで会った竜人に比べると、だいぶ性格が悪そうだね。

今までのが「武人」なら、こっちは「チンピラ」って感じだ。

そんな2人に目もくれずに、無言でピロースはアルマス・スワードを中段に構える。

相手にする気はない、と。そう言いたげな態度が僕にまで伝わってくる。

「能書きはいいからかかってこい」

ピロースの態度を挑発と受け取ったのか、斧の戦士スカイゼッターはピロースめがけて猛然と駆けてくる。

もちろん、両手斧を大きく振りかぶってだ。うん、当然そうくるよね。

単純な話、片手剣と両手斧では繰りだす一撃の重さが全く違う。

普通なら、斧の一撃を受けた時点でピロースの負けだろう。

一般的に両手武器というのは、その重量や長さのために武器を連続で振るうための間隔が長くなる。その長さは隙となるのだが、代わりに一撃の重さが片手武器に比べて相当強い。

その半面、両手斧は一撃の重さこそ全武器中でトップクラスだが、攻撃速度は極めて……全武器中でトップクラスに遅い。

対して、ピロースが振るう片手剣はというと、間隔はそこそこ早いが一撃の重さはそれほどでもない、という武器だ。これだけだと、ピロースが不利であるように思えてくる。

……だが、ピロースには闇落ちして得た強力な力がある。

今まで彼女が使っていた細身剣では両手斧と打ち合うことは難しいだろうが、今彼女の手にはアルマス・スワードが握られている。

何しろライナス・スワードと互角に打ち合った剣だ。しかも【再生】もついたままだ……きっと耐えきってくれるだろう。

「旦那様、ピロースは相当不利だぞ」

シルフィが心配げに僕に話しかけてきた。

確かに、ピロースは不利だ。体格差、武器の攻撃力の差、空からの攻撃、アイシャを守りながら戦うという点もある。シルフィの心配はもっともだと言える。

「大丈夫だよ、シルフィ。ピロースを信じて」

僕がそう言えば、シルフィは不安そうにしながらも観戦に戻る。

スカイゼッターが飛び上がり空中を舞うと同時に、アイシャの放った弓が幾条も放たれた。

「【武技：アーチング・メテオ】」

アイシャの持つシャイニング・シューティングスターの専用武技だ。

アイシャが放った弓は、天井辺りでその勢いを止めて蒼白く燃えさかる巨大な炎の球となった。

そして、その球が弾け飛び、無数の光の矢となって宙を舞っていたスカイゼッターに向かって降り注いだ。

「う、うわあああああああ⁉　馬鹿なあああ！」

その矢の数は数え切れないほど圧倒的だった。そのほとんどの矢を体に受けてスカイゼッターは弱々しく地面へと墜落したのだった。

そこにピロースが走り込み、スカイゼッターの首を切り落とした。

スカイゼッターが持っていた斧をピロースが持ち上げて、僕のところに持ってきた。

「簡単なものだな……さあ、残りはお前だけだ」

剣先をグランゼッターに向けてピロースが挑発する。

いっぽうアイシャは、先ほどのシルフィのように壁に向かって突進して空中へと駆け上がった。

「さっき、あなたたちが言ってたわよね？　空中にいる方が有利だって」

弓をグランゼッターに向けてそう挑発しながら一射する。

武技ではないがアイシャの【弓術・聖】で放たれた矢だ。命中すればただでは済むまい。

グランゼッターは「舐めるなあああっ」と大きく吠えながら両手剣を振るってアイシャの放った矢を打ち落とした。

その隙にピロースがグランゼッターの懐に潜り込む。

「どうした、竜人。さっきまでの威勢はどこにいった？」

「ちぃいいいっ！」

だが、矢を打ち落とした両手剣の反動を利用して、ピロースの背中めがけてグランゼッターが両手剣を振り下ろした。

ピロースが斬られると思った刹那（せつな）、再びアイシャが放った矢がグランゼッターの腕に命中し、両手剣の軌道は大きく横にずれた。

その隙にピロースが体を反転させながら大きくアルマス・スワードを振るった。

その剣戟でグランゼッターの体は真っ二つに裂け、ドサッと地面に倒れ伏せた。

「ふう、アイシャ、すまない。助かった」

結果を見れば、アイシャを守るどころかアイシャが主導で倒してしまった。

さすが聖弓のアイシャってところかな。

ピロースはよっこいしょと立ち上がって、グランゼッターの持っていた両手剣も僕のところに持ってくる。

早速、ピロースが持ってきた両手斧と両手剣を【鑑定】してみる。

まず斧だ。

名前：フェイト・バサラ　攻撃：＋280　階級：神級　属性：重力　特攻：人型
備考：攻撃力上昇　武技：ディストニー・フューリー

なんて攻撃力だ!!　ビックリして言葉すら出てこないよ。

しかも神級だ、この斧。まさか、こんな超の付くレベルの業物だったなんて……予想外過ぎるよ。そりゃ、傲慢な態度にもなるよね。

いくらピロースでもこれと打ち合ったら、危険だったかもしれない。

……素晴らしい武器だけど、僕たちの中に斧を武器とする者はいない。

取りあえず先ほどの鎌同様に、収納袋に入れておこう。

「……この斧すごいよ、神級だ」

「「「「えっ？　神級！！？」」」」

「アーティファクトということか！」

続いて両手剣を【鑑定】。

名前：カラドボルグ　攻撃：＋130　階級：破級　属性：炎　特攻：魔族
備考：装備時体力回復　武技：トア・グリデルセン

「両手剣の方は破級だよ」

「どっちにも専用武技が付いてる」

すごい武器なんだけど、やはり僕たちには使える者がいない。

仕方ないので、収納袋に放り込んだ。ちょっと残念だね。

「だ、旦那様、それらの武器だが、誰が使うのだ？」

「……うん、使える人がいないから当分収納袋で保管かなあ？」

「そ、そんなアーティファクトを死蔵するとかもったいないです」

「シーラ様の言いたいことは分かりますけど、現実、使えない武器を無理に使っても仕方ないでしょう?」

もちろん、そんなことはシーラ様だって十分に知っている。

知っていてなお言わざるを得ないのは、アーティファクトという武器の能力故だろう。

何しろ神級だ。僕だってなんとか使えないかと考えてしまうくらいだ。

でも使えないものは仕方がない。いや、【両手斧・聖】みたいなスキルを【カット】しているから、それを【ペースト】すれば使うことはできるんだろうけどね。

「待ってくれ、旦那様? 今の龍人たちからスキルは【カット】しなかったのか?」

「スキルとセットで渡せばいいのではないか?」

シルフィが立ち上がり、そう言い放った。やっぱりそう思うよね。

「うん、当然スキルは【カット】してるよ」

でも、使い慣れた武器を捨ててまで使いたいかというと別なんじゃないかなって気もする。

例えば僕はトゥワリングに並々ならぬ愛着があるけど……つまり、それが神級という武器の魅力なんだろうとは理解できる。

……うん。でもやっぱり僕はトゥワリングがいいな。

「じゃあ、家に帰ったらみんなで話し合いましょう」

最後はアイシャがそう締めた。

「よし、先に進もう。次の竜はニーズ・ヘッグ曰く、竜の王らしいからみんなは近づかないでね。戦闘はできるだけ避けるつもりだけど、どうなるか分からないから、十分、気を付けて」

「戦いになったら、どうするのだ？」

「僕とわっふるで行くよ」

全員にそう忠告して【気配察知・大】を使用すると、先の方にとてつもなく巨大な気配を感じることができた。

……この気配はオークキングやキメラ、今まで出会ったどのドラゴンよりも大きい。

いや、そんなものと比べるのは愚か……不敬という気持ちすら浮かんでくるほどだ。

思わず冷や汗すら浮かんでくるほどの……それほどまでに強大で圧倒的な気配。

強いて言うなら、ヨルムンガンド様やケートス様、スカジ様に匹敵する。そのくらいの、圧倒的な存在感がそこにあった。

でも、神獣様と互角の気配って……？　もしかすると僕は、竜の王という存在を無意識に軽く見ていたのかもしれない。

……これは、目視できる場所から【カット】は危険かもしれない。いや、近づくだけで危険だという予感すらあった。

たとえスキルを【カット】できたところで、目視できる場所にいるのは絶対に危険だ。

そう判断した僕は【地図】を使って、地図上から竜の王のスキルを【カット】することに決めた。

『きゅきゅ、この、けはいはばはむーとさんでは?』

『くぅもそうおもうか? おれもそうじゃないかなあとおもってた』

……【鑑定】してみると、クゥとわっふるが話してたバハムートという竜だった。

竜の王、バハムート。そのステータスは、僕が感じていた威圧に相応しいほどの強大なものだった。

名前:バハムート　LV:150　種族:神竜族　性別:♂
【スキル】魔法ダメージ吸収　スパイクフレイル　飛翔　創造　神竜の威圧　固有魔法・時空　固有魔法・結界　固有魔法・状態記録
【アビリティ】フレア　ギガフレア　メガフレア　テラフレア

物騒そうなアビリティ……は、わっふるにフレアとテラフレアを貼り付けてクゥにギガフレアとメガフレアを貼り付けた。

【飛翔】は、ピロースに貼り付けることにした。これで彼女も空中戦ができるはずだ。

【創造】と【神竜の威圧】【固有魔法・結界】は僕に貼り付ける。【固有魔法・時空】は取りあえず、【錬成】用に小石に貼り付けた。【スパイクフレイル】も小石に貼り付けておく。

『……マイン、マインよ。どんな案配だ？』

スキルの【カット】が一通り終わった時、ヨルムンガンド様から【念話】が届いた。

『ええ、今4層のバハムートからスキルを【カット】したところです』

そう答えると、ヨルムンガンド様から驚いたような、感心したような気配が伝わってくる。

『もう4層か？　早いな。どうだ、良いスキルは得られているか』

『はい、おかげさまで良い武器とスキルを得ています』

『それなら、よかった。ところで、バハムートには気を付けるのだぞ』

『気を付ける、ですか？』

『やつはこの俺と神獣の座をかけて戦ったほどの竜だ。あやつと戦うのは俺と戦うようなものだからな』

やっぱりそうなんだ。目視できる場所に行こうとしなかった判断は正解ってことだね。

というか、戦うって……僕は戦う気はないんだけどな。

『戦う気は、ないんですが……』

『お前になくても、やつにはあるだろう。俺の名でそこにいるお前のことが気に食わんだろうしな』

『ええ……？』

『機嫌がよくても丸かじりくらいはされると覚悟しておけ』

そこまでして会いたくはないなあ……。挨拶して丸かじりにされるとか、僕は嫌だよ。

うん、決めた。バハムートに会うのはやめよう。

『分かりました、会うこと自体を避けるようにします』

『そうだな、それがいいだろう』

そこまでなのかあ……怖いなあ。不用意に進まなくて、本当によかったよ。

『一旦外に出てアルザビの町でも行ってきたらどうだ？』

『考えてみます』

そうか、スキルはもう【カット】したんだから、【固有魔法・時空】で脱出してもいいんだね。

僕はヨルムンガンド様との【念話】を終えると、みんなに話しかける。

「……えっと、この先にいる竜はバハムートといってヨルムンガンド様と神獣の座を争ったほどの力を持っているそうだよ。既にスキルはカットしたから、一旦、脱出しようと思うんだけど……」

「そうですわね、一度外に出ると……アルザの町でしたっけ？」

「アルザビだね。でも……」

僕の提案を聞いてサーシャが発言するけど、それを聞いたアイシャの表情が強張る。

……だよね。それはちょっと……だ。となると、とれる選択肢は……。

「旦那様、どうせ移動するなら、家にしないか？　その方が寛げるというものだ」

「そ、そうよね。家に帰りましょう」

シルフィの提案にアイシャが飛びついた。うん、それが一番だよね。

「うん、そうだね、家に帰ろうか」

そう言いつつ、僕は【固有魔法・時空】を使用した。

いつものように現れた黒い渦に、アイシャを先頭にして次々と飛び込んでいった。

一人残った僕は、バハムートがいる方向に向かって一礼をしてから黒い渦へと飛び込んだのだった。

2章　石像の魔物

牢獄のダンジョンから戻ってきた僕たちは永久なる向日葵（エターナルサンフラワー）の拠点のクランハウスではなく、僕の家に戻ってきた。

疲れを取るには、クランハウスよりも自宅の方がいいからと判断したからだ。

……けど、シーラ様は初めて来るのかな？

居間に入ると、お嫁さんたちがお茶を飲みながらのんびりと寛いでいた。

……シーラ様だけが落ち着かない様子でコップを片手にキョロキョロしていた。

「シーラ様、落ち着かない場所ですみません。そこに座ってください」

僕がそう言うと、アイシャが「しまった」という顔をしてシーラ様に謝罪の言葉をかけた。

「シーラ様、ごめんなさい。気が付かないで」

「大丈夫ですわ。ここがマイン殿のおうちなんですね」

『まいーん、おれおふろいきたい』

『きゅきゅ、くぅもいきたいです～おにいさま～』

「……なんか、わっふるとクゥがお風呂に入りたいって言ってるので沸かしてくるよ」

そう言い残して僕はゆっくりとお風呂に向かって歩いていった。

「お風呂!! 個人の家にお風呂があるのですか⁇」

シーラ様が驚きの声を上げた。

「うちの風呂はすごいんだぞ、オーガスタ王宮のお風呂よりも気持ちがいいんだ」

シルフィが立ち上がって、胸を張ってシーラ様にそう自慢した。

「……確かに、その通りですわね、リッツの王宮のお風呂よりもすごいかもしれません」

シルフィの言葉を裏付けるように、今度はサーシャがそうシーラ様に力説する。

「そ、それは……すごいですね……」

そんな会話が後ろで聞こえてきた。

お風呂を沸かして居間に戻ってくると、わっふるがぷか～っと宙に浮いて僕に向かって突っ込んできた。

「わふっ」

どうやら【飛翔】が気に入ったようで、クゥと一緒に空中を飛び回っている。

以前にも増してわっふるの体当たりに威力が増していて、そろそろ僕も困ってきた。

『……わっふる、クゥ、お風呂もう入れるよ、行っておいで』

『きゅきゅ』

『わふっ』

僕の一言でクゥは激しく宙を回転しだし、わっふるは尻尾を大きく揺らして機嫌が良さそうだ。

「ついでに私たちも入ってこようか」

クゥのお風呂仲間であるシルフィが、そう言いながらスクッと立ち上がる。

「……え？　え？　私も⁉」

シルフィに強引に立ち上がらさせられ、シーラ様が困惑の声を上げる。

「いいわね、ついでに私たちも行きましょう」

今度はアイシャがサーシャに声をかけながら立ち上がった。

『わっふる、シルフィたちも行くからよろしくね』

『わふ、まかせろ！！！』

みんながお風呂に入っている間、僕は解体部屋でスキルの考察をしてみよう。

今回の牢獄のダンジョンで手に入れたのは……。

【片手剣・聖】【盾術・聖】【竜言語】【絶対零度アブソリュート・ゼロ】【特殊・範囲極大氷魔法】【スパイクフレイル】【飛翔】【ブラッド・ウエポン】【両手鎌・極】【魔法ダメージ吸収】

【テール・クラッシュ】【パライズブレス】【両手斧・聖】【武技：ゼット・サイクロン】【両手剣・聖】【武技：レゾリューション】【創造】【神竜の威圧】【固有魔法・時空】【固有魔法・結界】【フレア】【ギガフレア】【メガフレア】【テラフレア】

……これだけだ。これだけって言っても、十分すぎる数なんだけどね。

アビリティはわっふるとクゥに貼り付けるとして、残りをどうするか。

うーん……名前だけじゃ、やっぱり決められないな。

よく分からないスキルもあるから、まずは【鑑定】していこう。その結果次第で決めていけばいいよね。

……よし、まずは【絶対零度アブソリュート・ゼロ】だ。

【絶対零度アブソリュート・ゼロ】：対象の温度を強制的に絶対零度まで引き下げる。その結果として対象を瞬時に凍らせることが可能となる。生物に使用した場合、ほぼ対象の生命を絶つことができる。

これまたとんでもないスキルだね。切り札になりそうだよ。
これなら、オークキングですら一撃で倒せそうな気がするよ。
……次は【ブラッド・ウエポン】だ。

【ブラッド・ウエポン】：スキルを使用して生物を攻撃すると与えたダメージに比例して相手の生命力を自分に転化する。

……つまり、攻撃と回復が一体になったスキルということか。なかなか使いやすそうなスキルだね。
次は【魔法ダメージ吸収】だね。名前からだいたい想像は付くけど……。

【魔法ダメージ吸収】：魔法ダメージを受けた場合、ダメージに比例して自分の生命力に転化する。

【ブラッドウエポン】に似たスキルだけど、物理ダメージではなく魔法ダメージが対象ということだね。乱戦になった時に便利そうだ。

次は【創造】だ。

【創造】：使用者の思い描くものを具現化することができる。
※使用者の内包する魔力によって具現化には制限がある。

【リアライズ】と似たスキルだけど……僕自身が持っている魔力量によってできるものとできないものがあるみたいだ。

使ってみないことには、リアライズとの違いは分からないな。

よし、次は【神竜の威圧】だ。

【神竜の威圧】：竜族ならびにその眷属に対し、絶対的な支配権を使用者に付与する。

……よく分からないけど、竜族限定のテイムみたいなものだろうか？

名前が似ている【王の威圧】とは、だいぶ違うスキルみたいだね。

次は【固有魔法・結界】だ。これもまた聞いたことがない魔法だ。

【固有魔法・時空】と同じく固有魔法だ。【固有魔法・時空】と同様に、有用な魔法なんだろうか。

【固有魔法・結界】：特定の対象物を物理と魔法無効の結界で覆って拘束する。

……簡易的な牢獄みたいなものなのかな？　物理と魔法無効っていうのは、かなりすごい気がするよ。

戦いを回避したい時に【地図】上から使えば便利かもしれないね。

また、いろいろ考えればいい使い方も浮かんでくるだろう。

取りあえず、これくらいで新しく手に入れたスキルのことは理解できた、かな？

次はわっふるとクゥに貼り付けたアビリティを確認してみよう。

【地図】を使って、わっふるとクゥを【鑑定】して貼り付けたアビリティを確認した。

【フレア】：無属性の魔力を圧縮して対象にぶつけることで大きなダメージを与える。

【メガフレア】：無属性の魔力を超圧縮した魔力の波を、対象に浴びせ巨大なダメージを対象物を中心にした周囲に与える。

【ギガフレア】：無属性の魔力を超々圧縮した魔力の巨大な波を、対象を中心にした周囲に浴びせ甚大なダメージを対象物を中心にした周囲に与える。

【テラフレア】：無属性の魔力を超超々圧縮した魔力の巨大な波を、対象を中心にした周囲に浴びせ莫大なダメージを対象物を中心にした周囲に与え、消し去る。

え？　なんだ、これわっふるたちに不用意に使わないように注意した方がいいかもしれないなあ。

特に【テラフレア】なんかは……消し去るとか物騒な言葉が書いてあるしね。

そこまで確認が終わると、廊下の奥の方からペタペタと足音が聞こえてきた。

そちらに目を向けると、満足そうな表情を浮かべたわっふるが歩いていた。

『わっふる、おいで』

僕がそう呼びかけると「わふっ」とひと鳴きして尻尾をブンブンと振りながら、僕の方に向かって突進してくるのだった。

……え？　突進⁉

そう思った時には遅く、紫色の閃光と化したわっふるの体当たりをまともにくらってしまった。

ダメだ……これはダメなやつだ。

僕は目の前が真っ暗になり、その場に崩れ落ち、そのまま意識をなくしたんだ。

その様子を見たアイシャが、悲鳴を上げてすぐに僕の元にやってきて回復魔法をかけてくれている気配をかろうじて感じる。

わっふるも出会った頃から比べると、レベルも大きく上昇して素の身体能力が相当高くなっている。

今のようなわっふるからするとただじゃれてるだけの行動が、時として凶器となる場合がある。

もともと驚異的な身体能力を持っているわっふるだ。洒落にならない。

アイシャの回復魔法を受けて僕の意識が戻ってくると、視界にシルフィとアイシャに怒られているわっふるの姿が見えた。

わっふるはずいぶんと落ち込んでいるようで、いつも元気に揺れている尻尾は力なく床に落ちていた。

落ち込んでいるその様子を見て、僕は慌てて【念話】でわっふるに話しかけた。

『わっふる、わっふる、僕は大丈夫だから落ち込まなくていいんだよ』

……するとわっふるは目を輝かせてスクッと立ち上がり、猛烈な勢いで尻尾を振り始めて僕が寝ているすぐ傍までやってきて僕の顔をべろべろと舐め回してきた。

『まいん、まいーん、ごめんよ、おれ、おれ……』

僕の顔を舐めながら、必死になって僕に謝罪をするわっふる。

その目には大粒の涙が浮かんでいた。

一通り新スキルの確認が終わって間もなく……みんながお風呂から戻ってきた。

「旦那様もどうだ？　私が背中を流そう」

シルフィが僕の腕を取りながら、そんなことを言ってくる。

うん、確かに僕も疲れているし、さっぱりしたいかな？

「うん、そうするよ。ごめんね、シルフィ」

『わふ、おれもいくぞーーーー』

シルフィと2人でお風呂に向かうと、わっふるが駆けてきた。

『わっふる、また入るの？』

僕がわっふるを抱きかかえながら話しているうちに、シルフィはさっさと服を脱いでしまい一糸まとわぬ姿となった。

「さあ、行こう。旦那様」

慌ててシルフィについていき、お風呂に入るとシルフィが僕の背中にお湯をかけながら話しかけてきた。

「それで旦那様、これからどうするのだ？」

……うん、それだね。

牢獄のダンジョンはひとまず終わったと思うから、すぐに行かないと行けないところは今のところない。

「うん、どうしようかな？」

「以前言っていた、行ける場所を増やすというのはどうだ？」

行ける場所を増やす……か、それもいいな。

でも行ける場所か……あ、そうだ、すっかり忘れてた。アイシャのご両親に挨拶をしなきゃ！

「ねえ、シルフィ、アイシャの実家のことって知ってる？」

「あぁ、もちろん知ってるぞ。……だが、アイシャが語らぬのに私が話すわけにはいかない」

「そうか、そうだよね。あとで僕がアイシャに話をしてみるよ！」

僕がそう宣言すると、シルフィはにっこりと微笑みながらも強い口調でこう言ったんだ。

「ああ、それがいいだろう。だが、覚えておいてくれ。アイシャは旦那様に実家のことは知ってほしくないと思っていることを」

……それはなんとなく今までのアイシャの態度から分かってはいる。……けど、なんでだろ？

僕としてはきちんと挨拶したいんだけどな。

「ははっ、旦那様。深く考えない方がいいぞ」

シルフィにそう言われて、僕も少しだけ気が楽になった。

そのまま軽く湯に浸かってお風呂から出ると、居間には妻たちとシーラ様、ピロースが椅子に座りながら何かを強い口調で議論していた。

よく話を聞いてみると、ピロースが片手剣から両手鎌に武器を変えるという話から、両手斧と両手剣をどうするのか？　という話に発展しているようだ。

「アイシャが近接武器を使えるようになれば、戦闘の幅が大きく変わるだろう？」

ピロースが熱の入った口調でアイシャに詰め寄った。

……確かに、今回は上手くいったからよかったけど、ピロースがアイシャを守りながら戦わなくて済むなら戦局はずいぶん変わっただろう。

だけど、アイシャが両手斧や両手剣を使っている姿が僕には想像が付かなかった。

「……わ、私は別に今のままでいいわ、新しい弓も手に入ったことだし」

今にも食いつかんばかりに自分に詰め寄ってくるピロースに向かって、そうアイシャは言い切った。

「では、せっかく手に入れた素晴らしい武器はどうするんだ？　これらがあれば戦力アップは間違いないのだぞっ！」

うーん、これは誰かが使うって言わないと収まりそうにないね。それなら……。

「……僕が両手斧を使おうか？」

そう提案してみると、ピロースが驚いた表情を僕に向けてきた。

「マイン、お前は既に強力な武器を持っているんだ。今まで通りでいい！」

……確かに、僕にはテンペストエッジやトゥワリングがある。

トゥワリングに至っては僕らのクラン最強の武器だ。

武器を変更するメリットは正直あまりないと言ってもいいだろう。

ピロースの提案は確かにその通りだと思う。だが慣れない武器を使うことでかえって戦力が下がってしまうことも考えられる、と僕は思うんだ。

僕とピロースの話し合いが膠着状態に陥ると、アイシャが口を開いた。

「……、それならこの武器は売ってしまわない？」

売る？　売るかぁ。確かに一般的に今の僕らの状況ならば、一番普通の考えなのかもしれない。

パーティーで不要な戦利品は普通なら売るだろう。

それに今後のことを考えると、僕ら以外の人がいい武器を得るのは悪いことじゃない。

信用できる人になら、売ってもいいんじゃないかな？

でも……それって誰だろう？　ちょっとすぐには思いつかないなあ。

「……確かにいい考えかもしれない。で、誰に売るの？」

僕がそうアイシャに尋ねると、アイシャは少し考えて予想外の言葉を口に出す。

「ギルド長なんてどうかしら？　私の知ってる両手剣の使い手は彼しかいないわ」

「待てっ！　アイシャ、私は反対だぞ！」

アイシャの提案を聞いたシルフィが、立ち上がって反対を表明した。

「考えてもみろ、バザムギルド長の理不尽な決定が元で、旦那様はギルドを追放されたのだぞ」

僕自身はあの時のことは恨んでいないし、当然のことだと思っている。だから、ギルド長に売るというのは案外いい案だと思うんだ。

「待ってよ、シルフィ……僕のことを思って言ってくれるのは嬉しいけど、あれは仕方のないことだったと僕は思ってるんだ」

「マイン君は、賛成してくれるの？」

アイシャが首を少し傾げながら僕に問いかける。

「……うん、悪い案じゃないと思う」

だけど、ギルド長は僕のことをどう思っているのだろうか。

あのあと、エイミさんを預かったりしてるわけだし、悪くは思われていないだろうとは思う。

そもそもフォルトゥーナ家には悪い印象は持っていないだろう。なにせうちにはシルフィがいるんだ。

ギルド長、シルフィには頭が上がらなかったみたいだし、それは間違いないだろうと思う。

うん、考えれば考えるほど、いい案な気がしてきたぞ？

……よし、両手剣はギルド長に売ってしまおう。それがいいよ。

「僕はギルド長に売ってしまっていいと思うよ」

僕がきっぱりとそう告げると、シルフィはまだブツブツと怒って呟きをもらしていた。

うーん、よっぽどギルド長が嫌いなんだね。でもそれは僕のための怒りなんだから、ちょっと嬉しくもある。

ちなみにピロースに至ってはがっくりと肩を落として落ち込んでいる……かと思えば、すぐにその表情が切り替わる。

「バカなっ！　考え直せ、マインッ！　素晴らしい武具は戦力の底上げになるのだ。それをわざわざ他人に売るなど愚の骨頂だ！」

「え？　で、でも……」

「それにギルド長とやらは今聞いた感じではお前の敵ではないか！　他人どころか敵だぞ敵！何を考えているんだ！」

「て、敵じゃないよ⁉」

「敵だろう！」

ピロースがすごい勢いで僕にまくし立てながら、僕のシャツの首元をひねり上げてくる。

ちょっ……待って、く、首が絞まる、死んじゃう、死んじゃう。

なにせ、ピロースの怪力で締め上げられているわけだから苦しいことこの上ない。

『きゅきゅ、きゅーーーーーーーーー‼　はなすのです～おにいさまがしんじゃうですぅ～～～』

そんな様子にいち早く気が付いたのはクゥ。彼女はピロースに猛烈な抗議と同時に体当たりを行った。

「な、何をする！！？　クゥ！！！」

ピロースはよろめきながらも立ち上がり、クゥに向かって怒声を上げた。

『きゅ～おにいさまのくびをしめてはだめっです！！！』

クゥは尻尾をバタバタと上下に動かしながら、そう説明した。

……だが、ピロースはクゥの声が聞こえないので首を傾げるだけだった。

「ピロース、あなた、マイン君の首を締めていたのよ。気が付かなかったの？　クゥはそれに気が付いたので、やめさせるためにあなたに体当たりをしたのよ」

アイシャが間に入り、事情を説明する。

僕はそのアイシャの説明を聞いて、首を何回も縦に振ることで真実をみんなに伝えるのだった。

いや、ほんと……久々に本気で死んじゃうかと思ったよ……。

その気持ちが、ちょっと冷静になってきたピロースにもちゃんと伝わったんだろう。

「……そ、そうか。それはすまないことをした」

ピロースは僕に向かって謝罪の言葉を口に出して、頭を下げた。そしてクゥに向かっても頭を下げながら、謝辞を述べたのだ。

「すまなかった。そしてありがとう、クゥ」

結局、両手剣はギルド長に売ることでいいのでは……という結論になった。まあ、それが無難だものね。

「それでいくらで売るんだ？」

シルフィがそう確認する。そうか、その問題も残っていたよ。

「んー、僕たちには妥当な値段なんて分からないし、どうしようか？」

神級の武器なんて、武器屋にも並んでいないしね。どういう値段が妥当なのかなんて、分かるはずもないよ。

「ふむ、では私が兄上に尋ねてこよう」

シルフィがそう言い残して両手剣を背中に背負い、立ち上がって退出していった。

……そうか、お義兄さんなら確かに武器の価値もよく分かるだろう。

「取りあえず、売るのはシルフィが戻ってきてからだね」

「ふむ、では、両手斧はどうするのだ？」

ピロースが不機嫌そうに僕に問いかけてくる。うーん、アイシャは何か知らないかな？

僕がそんな期待をこめながらアイシャを見ると……。

「私も両手斧の使い手は知らないわ」

アイシャが慌てながらそう発言する。そっか、それなら仕方ないよね。

「それもお義兄さんに相談してみる？」

取りあえず、その方向で話はまとまったのだった。

「……ところでマイン君、姫様が帰ってきたらどうするの？」

アイシャが僕にそう尋ねてきた。

「……うん、前に話していた行ける場所を増やす旅に出ようと思ってるんだ」

「そういえば、世界樹のダンジョンまで行って止まっていたわね。天空のダンジョンというのもあるんだったわね」

「……い、一体何の話ですか？　聞いたことのないダンジョンの名前が出ましたが？」

シーラ様がわけが分からないと口を挟む。

「うん、取り急ぎ、牢獄のダンジョンの傍にあるというアルザビの町に行こうと思ってるんだ」

僕がそう宣言すると、アイシャは目に見えて落ち込んだ表情を見せる。

「……マイン君」

「ごめんね、アイシャ。でも僕は、どうしてもアイシャのご両親にきちんと挨拶がしたいんだよ」

「ありがとう。そう言ってくれるのはすごく嬉しい。……けど、うちの両親を見て失望されるのが私は怖いの」

「……大丈夫だよ。僕は何があったってアイシャに失望したりしないし、ご両親のことも同じだよ！」

僕は胸を張りアイシャの目をしっかりと見据えて、そう断言した。

「……分かったわ、そこまで言うならもう止めないわ」

よし、消極的ではあるけどアイシャの了解を得ることができた。次の目的地はアルザビの町だね。商業都市というくらいだからきっと面白い物が手に入るんじゃないだろうか、という期待もある。

行き先が決まり、アイシャの消極的同意も得られたことで僕はうきうきしながら、シルフィの帰りを待つことにしたんだ。

するとは暇だったのか、わっふるが僕の背中にぴょんと飛び乗ってきた。

「わふっ」

そしていつものごとくよいしょよいしょとよじ登り、定位置の僕の頭の上に到着し、わふっと口を開けてそのまま眠ってしまった。

その様子を見たサーシャが目を輝かせて、ぷるぷる震えていた。

「な、なんてかわいいのかしら。わっふるちゃん！」

そういえばサーシャは初めて会った時から、わっふるに心奪われていたっけ。

僕の家に来てからも、サーシャは積極的にわっふると接触していた。

わっふるも今ではすっかりサーシャに慣れて、たまにサーシャの頭の上に乗ってることもあるんだ。

わっふるが言うには、シルフィとサーシャは髪の毛が多いから乗りにくいということで僕の頭がベストポジションらしい。

「兄上っ！」
私が名前を呼びながら兄上の私室の扉を開けると、兄上は不在で先日兄上の妻となったスターシオン殿が出迎えてくれた。

「あらあら、シルフィード殿下ではないですか？　どうされたのですか。主人は……アルト殿は騎士団の寄宿舎に行っておられますよ」

おっとりとした口調でスターシオン殿は教えてくれた。

く、寄宿舎か……面倒な場所に……。

とはいえ、面倒だとも言ってはいられない。私は礼を述べて兄上の部屋をあとにした。

駆け足で寄宿舎まで移動すると、入り口には第二騎士団長のセシルと先日旦那様と模擬戦を行ったカールが話し込んでいた。

いかんな、これは……カールのやつに捕まると面倒くさいことになってしまう。

なぜだか分からないがカールのやつは私を見つけ話しかけてくると、とにかく長い。同じことを何度も何度も話し続けるのだ。

そして私が話を終わらせようとすると、先回りしてまた話を継続してくる。悪い人間ではないが正直言うと私は苦手だ。

だが、ああやってドアの前に陣取られると、カールを回避して中に入るのは無理だろう。

私は覚悟を決めて大きく息を吸い込み、ツカツカと廊下を歩きだした。廊下を歩けば当然私の着ている鎧がガチャガチャと金属の擦れる音を出すので、セシルとカールがこちらに気が付くこととなる。

「……シ、シルフィード殿下」

私の姿を視認したカールが、そう口に出すのが耳に入ってくる。

「任務ご苦労、セシル団長。兄上に用事があって参った。道を空けてくれ」

敢えて私はカールを無視して2人に声をかけた。

「はっ、シルフィード殿下、アルト殿下はこの奥でございます！」

セシルが部屋の中にいる兄上に聞こえるよう、大声でそう返事をしてきた。

私はドアを軽くノックして声をかける。

「兄上、私だ。シルフィードだ」

すると間髪入れずに中から返事が返ってきた。

「おう、シルフィか？　ちょうどいいところに来た。中に入ってくれ」

……ちょうどいいところ？

一体なんのことだろう？　兄上が私に用事など珍しいこともあるものだ。

部屋の中に入ると、血まみれになり、砕け果てた鎧を前に難しい表情をしている兄上の姿が目に入った。

「どうした？　義弟がらみで何かあったのか？」

……全く、何かあるとすぐに旦那様がらみと考えるのはやめてほしいものだな。

そう考えながらも自慢の伴侶が今まで行ってきたことが脳裏を掠めて、ふぅとため息が漏れた。……確かにそう思われていても仕方ないな、と自虐気味に笑みもこぼれる。

「実はな、兄上……先日、うちのクランで牢獄のダンジョンという場所に行ってな」

「牢獄のダンジョン？　聞いたことがないダンジョンだな？　それでどうした？」

「そこで、とんでもない武器を入手したのだが、うちには扱える者がいないので売ろうかと考えているんだが、いくらで売ればいいのか皆目見当がつかない。そこで兄上に相談しようと……」

「とんでもない武器だと！！？　一体どんなのだ？」

「破級の両手剣と神級アーティファクトの両手斧だ」

「破級と神級アーティファクトだとォッ!!」

兄上の驚きは当然のことだろう。一般的に流通している武器は、せいぜい私の持つライナス・スワードのような超級までだ。

破級など一生目にすることがないだろう。ましてや、アーティファクトなどは伝説の類いだ。

「……全く、義弟のやつはどこまで規格外なんだ??」

「で、どうなんだ、兄上？」

「すまんが見当もつかんよ。神級アーティファクトなんぞ、それこそ国が買えるほどの価値がある。だが、義弟のことだ、スキルも手に入れたのだろう？　お前たちで使った方がいいんじゃないか？」

「うん、そういう話も確かに出たのだが、私は片手剣で慣れているし、アイシャは弓を新調したばかりだし、ピロースのやつは両手鎌を使うと言うし、旦那様に至っては短剣でさらに素晴らしい武器を持ってるわけだしな」

「そういうことか。なら相談だが、私にその2つの武器を預けてはもらえないだろうか？」

「ど、どういうことだ？」

兄上に詳細を尋ねたところ、先ほど見ていた鎧の残骸に指を向けながら驚きの事実を告げられた。

先だって話があった王都に出現し始めたという石像の魔物が生み出す魔物に、幽霊のような魔物の存在が新たに確認されたらしく、その魔物と相対するとその騎士は突然気が触れたように仲間の騎士に向かって武器を振るいだすのだという。

そのせいで、騎士団に甚大な被害が出ているようだ。

そこで国王である父上は、私たちの永久なる向日葵（エターナルサンフラワー）とカシューの舞い上がる砂塵に討伐依頼を出すことに決めたそうだ。

兄上は未知の魔物に対抗する強力な武器を欲しており、今回、私が持ってきた話はまさに渡りに船だったらしい。

「……兄上の言いたいことはよく分かった。だが私1人の判断では決めることができない。一度持ち帰らせてもらえないだろうか？」

私がそう告げると、兄上は涼しげな表情で答える。

「分かった。帰るのなら私も一緒に行こう。さっきも話した通り、クランへの依頼があるからな」

む……これは……私がこう答えることを予測されていたか。

まだまだ勝てないな……。


そうして急遽、ついてくると言いだした兄と一緒に、城の地下の移動扉の使用許可を得るために父である国王ファーレンの元へと急いだ。

後ろからこっそりとカールがついてきているが、気が付かないふりをして国王の執務室へ急いだ。

なにせ、家では旦那様をはじめとする家族が待っているはずだから、急いで帰りたい。

カールに捕まれば帰宅が遅れてしまうのは目に見えている。

執務室の前まで着くと兄上が振り返り、声を上げた。

「我々のあとをつけている者、姿を見せろ。王族のあとを尾行するとは許されることではないのは分かっているな？　覚悟は無論できているのだな？」

……兄上にしては珍しいな。カールだということは分かっているだろうに。こんな恫喝じみた言葉を発するなんて……。

だが、これだけ脅せば、いかにカールといえども大人しくなってくれるだろう。

兄上の声を聞いてガクガクと震えながら、カールが隠れていた柱から飛びだしてきた。

「待ってください!!　アルト殿下っ！　私はシルフィード様とお話がしたくついて参った次第です！」

「……だとさ。相変わらず人気者だな？　お前は」

ニヤニヤと笑みを浮かべながら兄上は私にそう告げた。

全く、人の悪い。私の反応も全て織り込み済みでやっているのが、さらにたちが悪い。

「カールよ、すまないが私には貴公と話すことはない。急いでいるので職務に戻ってくれ」

私がそう声を上げるとギギギ……と音を立てて執務室の扉がゆっくりと開いていった。

ドアの中を横目で確かめると、父上が楽しそうな笑顔を浮かべてこちらを覗（のぞ）いていたのだった。

「なんだ、お前たち。来ていたのか？　さっさと中に入れ」

父上から許可も出たことだし、私はさっさと中に入り適当な椅子に腰かけた。

私が座ったのを見た兄上もカールを一瞥してから、部屋の中に入ってきた。

「で、お前たちが揃って何用だ？　いやいや、予想はつくぞ。どうせマインがらみだろう？」

「父上。詳細はあとで説明するが、移動扉の使用許可をもらいたいのだ」

分かっているなら話は早いとばかりに、兄上が父上にそう切りだした。

「ふん、永久なる向日葵（エターナルサンフラワー）への依頼の件か？　構わん。行ってこい」

父上から許可を取った私たちは執務室を退去し、地下の移動扉の間へと急いだ。

カールが依然として尾行を続けてきたので蒔くのに一苦労したのだが、あとで兄上からカールには厳しい指導が入ることだろう。

移動扉を通ってルーカスのクランハウスに到着すると、兄上を伴って会議室へと足を向ける。

そしてドアをノックする前に、内側からガチャリと音を立て扉が開かれた。

「おかえり、シルフィ!!」

ドアを開けてくれたのは他でもない、私の愛する旦那様であった。

どうやらわっふるの感知で私たちが来るのが分かっていたようだ。

「ただいま、旦那様っ!!」

思わず笑みが浮かんでくる。

「なんで、お義兄さんもいるの？」

「それについては私から話そう」

お義兄さんが、僕に向かって背筋を伸ばして話しかけてきた。

「永久なる向日葵（エターナルサンフラワー）殿に我がオーガスタ王家からの依頼を持って参った」

「……聞かせてください」

お義兄さんの真剣な表情に気圧され、僕はそう一言だけ声を発した。

そうして、僕たちがお義兄さんから聞かされたのは衝撃の内容だった。

アンダーワールドの先兵だと思われる石像の魔物が生み出す魔物に、おばけのような得体の知れない魔物が存在するということ。

その魔物と接触した騎士団員が、突然気が触れたように仲間の騎士たちに攻撃を開始するということ。

騎士団では対策が見つからず、苦戦しているとのこと。

その魔物のおかげで第二騎士団は壊滅状態で、セシル団長は一時的に団長職を解任となったこと。

急遽、第三騎士団が創設されることになったとのこと、この騎士団は女性騎士だけで構成されており、団長候補者としてシルフィとメリッサ嬢が挙がっているとのことと、王都の石像の魔物の掃討の依頼だった。

「女性だけの騎士団か……」

シルフィがため息をつく。

「他の団長候補だが、少しビックリすると思う」

お義兄さんはシルフィを見ながら意味ありげにそう言葉を発した。

「ん、どういうことだ、兄上？」

「彼女の名前はノイン・パトリシアという」

「えっ？　ノイン・パトリシアですか？」

名前を聞いてアイシャが勢いよく立ち上がり声を上げた。

「アイシャ、知ってる人なの？」

僕がそう聞くと、アイシャはすまなさそうに視線を背ける。

「……うぅん、直接知ってるわけじゃないの、噂をね、ちょっとだけ」

アイシャがこんな言い方をするのは珍しい。噂ってどんな噂なんだろう？　変な人でなければいいのだけれど……。
　僕が不安そうな表情をすると、お義兄さんが僕たちに向かってこう言い切った。
「義弟よ、そんな顔をするな。お前は本当に分かりやすいな。ノインの能力・人格については
この私が保証する。噂については、そうだな、聖弓殿、話してくれるか？」
「え？　よろしいのですか？」
　一体、どんな噂なんだろう。
「ああ、もちろん構わない。それに、こういうことはあらかじめ話しておいた方がよかろう」
「……分かりました。では、申し上げますね」
　アイシャがお義兄さんの言葉を聞き、先ほどのお義兄さんのようにシルフィを一瞥してから
そう切りだした。
「彼女、ノインはアドルビの町を拠点にするA級冒険者で、容姿がある方にとても似ているこ
とで実力だけでなく容姿の面でも大変有名です。そして、彼女はその容姿もあってある二ツ名
で呼ばれています。……そう、『戦乙女（いくさおとめ）』と……」
「戦乙女だってっ！！！？　シルフィの二つ名にも負けてないじゃないか！　そんなに強い
の？　そのノインさんって」
「……ええ。強いわよ、A級冒険者なんだもの。それとさっきも言ったけど、彼女がそこまで

有名になったのにはその容姿も理由なの。彼女はある人物にソックリ……どころか、瓜二つなの」

「……ある人物？」

「ええ、マイン君もよ～く知ってる人よ」

ずいぶんともったいぶるなあ……でも、よく知ってる人って？

「え？　誰？　誰だろう？」

「えーっとね、姫様よ」

「そうだ、その通りだ。私も先日会ってみて驚いた。ここまで似ているものなのか！　とな。ぱっと見の違いは髪の色くらいだろう」

お義兄さんがすぐさま、アイシャの話を肯定する。

「……髪の色？」

「ああ、そうだ。我が妹の髪は私同様、黒みがかった金髪だが、ノインの髪は聖弓殿のように明るい金髪だ」

お義兄さんがそこまで言うほど似ているのか。そんなことあるんだね。世の中は広いもんだ。

「どちらにせよ2～3日でここに来るからな。シルフィはやりにくいだろうが、メリッサと一緒にノインを鍛えてやってくれ」

「それで、セシル団長はどうなるんですか？　結婚したばかりなのに……」

「うん？　セシルか？　女性騎士団ができるというのにあいつをすぐ傍に置いておけるわけないだろう？　すぐ例の病気を起こすぞ。セシルの処遇については現在検討中だ」

うーん、そうか。それなら仕方ないね。

「それからな、マイン。お前に相談なのだが……」

なんだろう、お義兄さんにしては珍しいな、言いよどむなんて……。

そう思いながら聞いたお義兄さんの言葉は、驚きのものだった。

「シルフィから聞いた破級と神級の武器なんだが、しばらく騎士団に預けてもらえないだろうか？」

「「え？」」

あれれ？　おかしいな。シルフィはお義兄さんに売るならいくらくらいが妥当なのかを聞きに行ったはずなのに……。

「こう言ってしまうとなんだが……王都の防衛のために少しでも当てになる戦力がほしくてな」

お義兄さんが、ばつが悪そうに指で頬をかきながらそう呟いた。

「お貸しするのは構わないですが、争いの元になったりしないでしょうか？」

いくら騎士団で扱うといっても物が物だ、変な気を起こす輩だって出るかもしれない。

もしもあの2つの武器を十全に使うことができる者がいて、その者が王都に叛意を抱いたらどうなる？

お義兄さんや国王様であっても、苦戦は免れないのではないか？

僕がそう思い、お義兄さんに言いよどんでいるとピロースがまさに僕の不安をお義兄さんに問いかけた。

「反乱の道具になる危険はないのか？　強すぎる武器は往々にしてそんな事態を招く」

「……ふ〜む、その心配はもっともだと思う。確かに危険だと言わざるを得ないだろう」

やっぱり、この2つは僕の収納袋にしまっておこう。

余計な争いを起こす道具にしちゃいけないしね。ギルド長に売るのもなしだ。

「うん、決めた！　この2つの武器は売らずに収納袋に入れて放置とします」

僕がそう言い切ると、お義兄さんがあからさまに残念そうな表情になる。

「争いの種になりそうな気がしますので……申し訳ありません」

真っ直ぐにお義兄さんを見て、僕はそう言い切った。

「……そうか、残念だ。だがお前がそう決めたのなら、それも仕方ないだろう」

これでお義兄さんからの話の半分は終わった。

残り半分は……。

「王都の石像の魔物についてはお受けいたします。いいよね？　みんな？」

こうしてクラン永久なる向日葵(エターナルサンフラワー)の新たな仕事が決まったのだった。

僕たち『永久なる向日葵(エターナルサンフラワー)』は王家からの依頼のため、王都に来ていた。

作戦に参加するメンバーは僕、アイシャ、シルフィ、ピロース、わっふる、クゥのいつものメンバーである。

お義兄さんの話では、現在冒険者ギルドからA級のパーティーが一組王都で石像討伐の任にあたっているらしいので、可能なら彼らと接触は避けたい。

僕のスキルもそうだけど、僕らのクランはいろいろと特殊過ぎるからね。できるなら人目に付きたくないんだ。

「……さて、王都に来たのはいいが、問題の石像はどうやって見つけるのだ？」

ピロースが機嫌悪そうに僕に問いかけてきた。

どうも彼女は例の武器を死蔵させておくことが許せないらしく、ずっと機嫌が悪いままだ。

僕は考えておいた作戦を、ピロースだけでなく全員に説明した。

まず、クゥが空から王都上空を偵察し、発見したら【念話】で連絡、見つけたら【地図】で位置を確認し現場に急行して戦闘開始。そんな流れだ。

お義兄さんが言っていた、〝幽霊みたいな魔物〟というのが気になるので、ファーストアタックは僕が現場で魔物の【鑑定】をしたあととなっている。

騎士たちが同士討ちを始めたというのも気になるしね。

「じゃあ、クゥ頼んだよ」

僕がそうクゥに話しかけると、クゥはその場でくるくると回転して大喜びした。

『きゅきゅきゅ～、くぅのでばんです～おにいさまにほめてもらえるようにがんばるのです～』

そう言い残してクゥは急上昇して、あっという間に見えなくなった。

『まいん、おれもそらとべるぞ。おれはるすばんなのか？』

わっふるが残念そうに僕の足下にすり寄ってきた。

……わっふるには別の仕事を頼むことにしよう。

『わっふるはここで、冒険者ギルドのパーティーの気配を探してほしいんだ』

わっふるが飛んでいくとなると、王都の人たちにオオカミが空を飛んでいると驚かせてしまうからね。

その点クゥなら普段から空を飛んでいるので、何か聞かれたとしてもあとから説明しやすい。

それに、たまにはクゥも活躍させてあげないと可哀想（かわいそう）だしね。

落ち込むわっふるを両手で抱き上げて頭の上にそっと置いてあげると、わっふるは嬉しそうに尻尾を大きく揺らせながら眠りだした。

『わかったぞ、おれはここでさがしてみるぞ……』

眠ってはいても、そこはわっふるのことだ。ちゃんと探してくれているだろう。

そんなわっふるの様子を全員で見守っていると、クゥから念話が届いた。

『お、おにいさま!!　いました!!　せきぞうのまものです』

慌てて【地図】を展開して場所を確認すると、この場所からさほど遠くない十字路のようだ。

お義兄さんの話では石像に近づくと周辺に複数の魔物が出現するらしいから、不用意に近づけないな。

『クゥ、石像には近づかないで、戻っておいで』

クゥにそれだけ指示を出して、僕たちは全力で移動を開始した。

「……いた、石像の魔物だ。形から想像するに……オークかな？」

名前：オーク・スタチュー　LV：10　種族：高魔族　性別：ー

【スキル】眷属召喚・常時
【アビリティ】衝撃の魔眼

うん、やっぱりオークの石像だ。近づくとおそらく周辺にオークを呼びだすのだろう。

この【眷属召喚】というスキルでオークを呼びだすんだろうなあ。

そして、オークの石像をよく観察するとゆっくりではあるが前後左右に動いているみたいだ。

オークの石像のすぐ傍にもう一つ石像がいた。

形は……こっちはゴブリンのようだ。

名前：ゴブリン・スタチュー　LV：6　種族：高魔族　性別：ー
【スキル】眷属召喚・常時
【アビリティ】衝撃の魔眼

……これが、近づくとオークとゴブリンが大量に発生する仕組みってことか。確かに厄介だな。

でもレベルは大したことない。やりようはいくらでもありそうだね。

「アイシャ、オークの石像とゴブリンの石像をそこから狙えるかな？」

「分かったわ！　マイン君、任せて‼」

『わふ……まいん、まって‼』

わっふるが急に僕の頭の上で立ち上がり制止の声をかけてきた。

だが、既にアイシャは返事と共に矢を射出していた。

矢は正確に、石像の額の部分に命中する。すると石像の周辺に黒い渦がたくさん現れて、それぞれの渦からオークとゴブリンが大量に出現する。

そして瞬く間に、辺り一面がオークとゴブリンで埋め尽くされたのだ。

突如出現したオークとゴブリンだが、いつも僕たちが見ているのとだいぶ姿形が違っていた。

オークもゴブリンも共に重厚な黒い鎧に身を包んでおり、武装も粗末な物ではなくずいぶんと立派な物であった。

名前：アーマード・オーク　LV：90　種族：高位魔族　性別：♂
【スキル】爆砕　誘爆　鎧化　修復
【アビリティ】衝撃の魔眼

……な、なんだろう？　見たことないスキルがいっぱいだよ。

はっ？　そういえば、わっふるが言いかけてたことはなんだったんだろう？

『わっふる、どうしたの？』

『わふ～おそかった～せきぞうのすぐそばにだれかがいたみたい』

……それはまずいんじゃないかな？

僕は慌てて、大量に発生したオークとゴブリンの群れを観察してみる。

すると、ゴブリンたちに紛れて何人かの冒険者らしき姿を発見した。

善戦しているようだが、多勢に無勢だ。倒されてしまうのも時間の問題だろう。

僕はテンペストエッジとライトニングエッジを両手に持ち、【魔纏衣】で【消滅魔法】を身に纏ってゴブリンとオークの群れに突入した。

そして一番近くにいた冒険者の人に接触を試みた。

「大丈夫ですか？」

「す、すまない」

「僕たちは王家から石像の魔物の討伐依頼を受けましたクラン永久なる向日葵です」

「……ということは君が……希望のマイン〟か。ありがたい、最強の助っ人だ」

「俺たちはA級パーティー〝舞い上がる風〟だ。冒険者ギルドの依頼で王都内に出現した魔物の討伐に来てる」

名前：バレッド・フレイヤー　LV：25　種族：ヒューム族　性別：男
【スキル】片手剣・極　鉄壁　盾術・極
【その他】Aランクパーティー〝舞い上がる風〟リーダー

「それでは、話はあとで！」

僕がそう告げると、バレッドさんは「ああ、そうだな」と答えてびオークたちへと向かっていったのだった。

僕も負けていられない。テンペストエッジを握る右手にぐっと力をこめてアーマード・オークの背後に回り込み、【豪腕・聖】を乗せた【武技：シャークグロウ】を叩き込んだ。

数多くの災害級を葬り去ってきた武技だ。当然のことながらあっという間にアーマード・オークは絶命する。

「……すげえ、さすが希望のマインだな」

バレッドさんが僕の武技を見て、感嘆の声を上げているのが聞こえてくる。

そのバレッドさんはと言うと、アーマード・オークの鎧に攻撃を阻まれてダメージを与えることができずに苦戦しているようだ。

……するとその背後から人影が現れ、アーマード・オークに切りつけた。バレッドさんが相手にしていたアーマード・オークはバタリと前のめりに倒れた。

「すまないな、手を出してしまって」

……そう、その人影の正体は僕の愛する妻の一人で〝姫騎士〟の二つ名を持つシルフィだった。

「……こ、これは、シルフィード殿下、ご加勢ありがとうございます」

「いや、問題ない。貴公は……舞い上がる風のバレッドだったな？」

「……あれ？　シルフィ、知り合いなの？」

冒険者ギルドと縁が深いアイシャならともかく、シルフィの知り合いというのはよく分からない。

「いや、知り合いというわけではないんだ。以前王家が魔族侵攻の確認をするという依頼をギルドに出していてな。彼らがその依頼を受け、達成してくれたというわけだ。私はその報告の際に立ち会っただけだ。そう言えば、貴殿らはオオセで孤児の女の子を保護したんだったな？あの子は今はどうしている？」

『姫様っ！　ゆっくりと話し込まれている場合じゃないですっ！！！』

【念話】でアイシャが割り込んできた。

それと同時にアイシャの放った矢が、何本か僕らの周りにいたアーマード・オークに命中する。

アイシャの放った矢はアーマード・オークの装甲を突き破り、複数のアーマード・オークを確実に仕留めていた。

「ふおっ、オレが全く歯が立たなかったのに……」

バレッドさんは自分が苦戦していた魔物を次々に倒していく僕らを見て、驚きの声を上げていた。

「旦那様、ちょっと数が多い。少し退いて態勢を整えよう。バレッド殿、貴公らも一度態勢を整えられたらどうか？」

シルフィの提案はもっともだ。通常のオークと比べて防御が段違いだ。最弱とされるゴブリンですら彼らは簡単には倒せない。

「……分かりました、殿下。一端退いて態勢を整えます」

バレッドさんはそう言い残し、魔物たちの数が少ない箇所に向かって走っていった。

「おい、お前ら！　撤退準備だ！」

その方向をよく見ると、彼のパーティーたちが戦っていた。

……なるほど、合流するのか。

「……ほう、さすがA級パーティーというところか。優れた治療師がいるようだな」

シルフィの呟きを聞いた僕も再度、バレッドさんが向かっていった先を確認してみた。

すると、なにやら通路の先に侵攻することができない魔物が何体かいて、何もない空中に向かって攻撃している姿を確認することができた。

「……結界？」

「優れた治療師が使うことができるという固有魔法の一種だ」

そういえば、牢獄のダンジョンで手に入れた魔法に【固有魔法・結界】というのがあったはずだ。

待てよ、ということは、あの竜人は治療師だったんだろうか。

けど、他に治療師っぽいスキルは持ってなかったけどなあ。

……はて、スキルだけ単独で存在してるわけじゃないのか？

役割と一体ってことなのかな？

ということは他の役割の人にも、固有のスキルが存在するということなんだろうか？

僕やシルフィ、アイシャは攻撃役だけど固有のスキルなんて持ってない。

成人した際に授かるというのも、ちょっと考えづらい。

一体、どういうことなんだろう？

「ねえ、パーティーでの役割で固有のスキルなんて手に入るの？」

分からない時は聞くのが一番だ。

僕の質問に、シルフィは少し考えてから答えを返してくれた。

「ああ、あくまでも優れた者にだけなので必ずというわけではないがな。治療師は【結界】、魔術師は【古代魔法】、攻撃役は特定の武技を得ることができる。探索は【広域探索】だな」

「……なるほど、知らなかったよ。それで攻撃役の特定の武技ってどういうこと？」

「そうだな。私ならば片手剣の武技、アイシャなら弓術の武技、旦那様なら短剣の武技になるだろう」

……そうか。じゃあ、シオン姉ちゃんはきっと【結界】を持ってるんだね。

『わふっ、きをつけろ、まいん!! へんなやつがいる』

不意にわっふるが警告してきた。

わっふるの視線を追ってみると……空中だった。確かにいる。影のように真っ黒で揺らめいている見たことがない魔物が！

名前：シャドー・グレムリン　LV：50　種族：高位魔族　性別：ー
【スキル】憑依融合　魔法・暗黒　魔法・混乱
【アビリティ】なし

……なんだ、こいつ？　お義兄さんが言っていた幽霊みたいな魔物っていうのはこいつなのだろうか？

なんだか……気になるスキルを持ってるなあ。

やばそうなので、さっさと【カット】しちゃった方がいいね。

って、あっ！　速い……見失った⁉

……そして、悲劇は起こった。起きてしまった。

「うわあああああっ‼」

僕が【カット】するより早く、シャドー・グレムリンはバレッドさんに攻撃を加えていたんだ。

悲鳴がする方を見てみると、バレッドさんが仲間の治療師さんに剣を突き立てている姿が視界に飛び込んできた。

名前：バレッド・フレイヤー・デビル　LV：25　種族：融合魔族　性別：♂
【スキル】片手剣・極　鉄壁　盾術・極　魔法・暗黒　魔法・混乱
【その他】Aランクパーティー〝舞い上がる風〟リーダー

慌ててバレッドさんを【鑑定】してみると、恐ろしい事実が判明した。

「……え？　こ、これは魔族？　魔人？」

と、とにかくさっさとシャドー・グレムリンを倒しちゃおう……って、いない？

ひょっとしてバレッドさんに融合したからいなくなった？

そうか、お義兄さんが言っていた、騎士団員が同士討ちを始めたというのもこれが原因なのかも。

バレッドさんは魔族になっちゃったけどもともとはヒューム族だ、倒してしまうわけにはいかないよね。どうしたものか？

これは思った以上に厄介だ。今回はバレッドさんが狙われたけど、僕の家族も狙われない保証はどこにもない。

『わっふる、さっきの変な魔物だけど、もういないかな？　いたら速攻で倒してくれる？』

グレムリンは取りあえず、わっふるに任せてバレッドさんをどうにかしよう。

バレッドさんに突如襲われた治療師さんが崩れ落ちると、張り巡らせていた結界は綺麗に消え失せて、舞い上がる風がキャンプしている場所に、アーマード・オークたちがどっと押し寄せていく。

結界で大量のアーマード・オークとゴブリンを凌いでいたA級パーティー舞い上がる風だっ

たが、パーティーリーダーのバレッドさんが敵に乗っ取られて、治療師を刺し殺したことで結界が消失し魔物の渦に呑み込まれていった。

このままじゃいけないっ！

でもあまりにも魔物の数が多い、1匹ずつ始末してるんじゃ間に合わないか。

範囲魔法で一気に殲滅（せんめつ）……いや、ダメだ。僕が極大魔法を使えることを知られるわけにはいかない。

『おにいさま～くぅがやっつけましょうか？』

僕が困ってるのを見て、クゥがそんな提案をしてくる。

『え？　ありがたいけど、どうやって倒すの？』

僕がそう尋ねると、クゥは嬉しそうに尻尾を上下にビタンビタンと動かして、答えを返してきた。

『【フレア】をつかいます～』

バハムートから【カット】した範囲殲滅スキルだ。

一体どれほどの威力があるのか分からない。

ここは魔物はいるが、王都の中だ。不用意に破壊力のある攻撃はできない。

いや……撃ちだす方向に気を付ければ大丈夫かな？

南西方向なら被害はないだろう。

僕は頭の中で王都と王都周辺の地形を思い浮かべる。

……うん、【フレア】の威力にもよるけどいけそうだ。

ただ、南西に撃ち込むには、ぐるっと回り込む必要がある。

『みんな、聞いてくれる？　クゥに【フレア】を使ってもらおうと思うんだ。南西方向に撃てば被害もないだろうから』

『ま、待ってくれ、旦那様！　そのスキルはこの前のドラゴンの王のスキルではないのか？』

『うん、そうだよ、バハムートのスキルだね』

『そんなものを使って王都は大丈夫なのか？』

『撃ってみないと正確には分からないけど、南西方向には家屋は建ってないし、王都を抜けた先には砂漠しかないはずだよ』

『それは大丈夫とは言わないぞ！』

僕の返答に、シルフィが使用について反対し始めた。

彼女の立場からすれば、当然だと思うけど……このままだと多勢に無勢で舞い上がる風は全滅しちゃう。

『マイン君、舞い上がる風を助けようとしてるのよね？』

アイシャが僕らのやり取りを見て、割り込んできた。

『うん、そうなんだよ……僕の範囲魔法を見せるわけにもいかないし、まとまった相手を一気に殲滅するならいい方法だと思うんだけど……』

僕がそう言うと……。

『私がやってみましょうか？』

アイシャがそう言って、弓を僕たちに見せてきた。

『頼めるかな？』

アイシャの弓は、始まりの弓から進化を遂げたシャイニング・シューティングスターだ。

この弓には専用の武技【アーチング・メテオ】がある。この武技は多数相手に有効な武技だ。

おそらく、これのことをアイシャは言っているのだろう。

『……ええ、やってみるわ』

アイシャはそう言って弓をギリギリと引き絞る。

この弓は矢を装填しなくても、魔力で構成された矢が生成されて飛んでいく。したがって矢が切れたりすることは考えなくてもいい。

もちろん、威力も並の弓とは比べものにならないのだが、矢の心配がいらないというだけで弓術師にとってはぜひとも手に入れたい一品であろう。

僕の持つテンペストエッジもそうだけど、最弱の始まりの武器がこれほどの武器に成長するなんて誰も思いつかなかっただろう。

そんなことを考えてるうちに、アイシャは【アーチング・メテオ】を解き放った。

「これでもくらいなさい！　【武技：アーチング・メテオ】」

気合一閃、アイシャのシャイニング・シューティングスターから無数の光の矢が空高く撃ち出されていった。

そして5秒ほど経つと、まるで雨のように光の矢がアーマード・オークやアーマード・ゴブリンの密集している場所へと降り注いだ。

複数の矢といっても、一つ一つが武技の必殺の一撃である。次々と魔物たちは絶命していった。

「……ふう、すごいやアイシャ」

僕がその威力と結果を見て喜んでいると、シルフィから声がかかった。

「……旦那様、喜んでいる暇はないぞ」

……確かに、シルフィの言う通りだ。石像から生まれた魔物はアイシャのおかげで一掃できたが、問題はまだある。

……そう、バレッドさんだ。彼の戦闘力はなかなか侮れない。

それに今は結果的に魔物となってはいるが、もともと人間である。

そんな彼からスキルを【カット】するわけにはいかない。

すなわち、今の彼はスキルを使い放題で暴れているということだ。

殺してしまうわけにもいかない。どうやって無力化するかだ。

「マイン君、魔法で寝かせてしまったらどう？」

悩んでいる僕を見かねたのか、アイシャからそんな提案が出された。

……なるほど、寝かせてしまえばいいのか。

早速僕はバレッドさんにめがけて【補助魔法・睡眠】を使用した。

だが、いつまで経っても一向に効果は現れず何度スキルを使用しても、バレッドさんは暴れ続けている。

……これは、ひょっとしてレジストされてしまったんだろうか？

取りあえず、もう一度やってみよう。

……だけど結果は変わらず、バレッドさんは暴れ続けていた。

しかし、諦めるわけにはいかない。

それならばと【魔術の極み】を使い、魔法の威力を底上げしてみる。

すると、今までがまるで嘘だったかのようにバレッドさんはその場にあっさりと崩れ……なかった。崩れ落ちそうになった途中で、バレッドさんの動きが不自然に停止する。

『……貴様か』

えっ！　これって……念話⁉　バレッドさん……いや、違う！

飛びかかるような動きで僕に向かってくるバレッドさんの攻撃を避けて、僕は叩きつけられるように届いてくる念話に思わず頭痛を感じる。

『この世界の守護者どもの匂い、そして……神の匂い。やはり俺を妨害するか』

「もしかして……影王⁉」

『やはりか！　やはり貴様か！』

「危ない！」

叩きつけられる巨大な敵意に動きが止まってしまった僕を庇うように、シルフィがバレッドさんの攻撃を防ごうとした。

『じゃまだ！』

「うあっ⁉」

やはりシルフィの動きが一瞬停止して、バレッドさんに吹き飛ばされる。

「シルフィ！　くっ、この……⁉」

いくらなんでも動きが違い過ぎる！　何かがおかしい！

名前：バレッド・フレイヤー・デビル　ＬＶ：■■種族：■■魔族　性別：男
【スキル】片手剣・■　鉄壁　盾術・■　魔法・暗黒　魔法・混乱
【その他】Ａランクパーティー〝舞い上がる風〟リーダー　影王の人形

な、なんだ⁉　スキルの一部が読めなくなってる⁉

それにレベルも種族もだ。影王の人形っていうのは……まさにそのものだよね。

『チッ！　器が弱すぎる……だが、足がかりは得た……』

そう呟いて、突然バレッドさんが倒れ伏す。動きが止まった？　いや、それよりも！

「シルフィ！　大丈夫⁉」

「う、旦那様か。問題ない……多少痛かったがな」

よかった。そんなに怪我はないみたいだ。でも……。

『マインくん……バレッドさん……死んでるわ』

影王に乗っ取られた人は死ぬ。確実じゃないけど、その可能性が出てきてしまった。

そしてたぶん……治す方法は、ない。

しかも、怖いのはそれだけじゃない。一瞬僕が見失うほどに動きが素早く、どういう条件で出てくるのかも分からない。気が付いたら手遅れになっているかもしれないんだ。

もし狙われたのがアイシャたちだったら……そう考えるだけで、ものすごく恐ろしい。

それだけじゃない。僕だって、万が一ってことがある。そうなったら……僕は、自分を永遠に許せないだろう。

「……まずいね、これは」

「ええ。どうしたらいいのかしら」

これは、ちょっと手に余る。フェンリル様に何か手段がないか聞いてみた方がいいかもしれない。

それとも、女神様に……？　とにかく、アイシャたちも狙われるかもしれない以上、ぼうっとしてはいられない。まずはこの場を離脱だ。

僕は【念話】でみんなに連絡すると、クランハウスへと戻ることにした。

影王……どうやら、予想をはるかに超える強敵みたいだね。

『結論から言うと、このままでの解決は不可能よ』

【女神交信】で女神様は、そんな衝撃的な一言をぶつけてきた。

『不可能っていうのは、どういうことですか？』

『アンダーワールドの神の話は、以前したわね？』

『はい。確か交信ができないって』

何があったか分かったってことなんだろうか。そう思う僕に、女神様はさらに衝撃的な言葉をぶつけてきた。

『……アンダーワールドの神は、影王に乗っ取られているわ』

『乗っ取る⁉　そんなことができるんですか！』

『普通は不可能よ。でも、影王にはできた。少しずつ自分の他の守護者たちを乗っ取って力を蓄えて……ね』

『でも……』

『マイン、あなたも見たはずよ。影王の尖兵を』

『シャドー・グレムリン……ですか？』

バレッドさんに融合した魔族。どう考えてもあれのことだよね。

『そうよ。あれは影王の能力。アンダーワールドは既に影王の手に落ちたと見ていいわ。これはつまり……乗り込む作戦の危険度が実行不可能なレベルになったとも言えるわね』

確かに、神様や世界そのものを相手にすると……ものすごく厳しいと言わざるを得ない。

シャドー・グレムリンが大量に襲ってくると考えると……正直ゾッとする。

『なら、どうしたらいいんですか？』

『手段は一つよ』

女神様が放った言葉は、ものすごく衝撃的なものだった。

『時をさかのぼりなさい、マイン。10年前に戻り、全ての禍根(かこん)を断つのよ』

時をさかのぼる。僕がいつかの目標にしていた『それ』をやれと、女神様はそう言ったんだ。

3章　時を超えて

「時をさかのぼる……だと⁉」

【女神交信】の結果を伝えると、真っ先にシルフィが声を上げた。

「いや、確かにいつかやるとは聞いていたが……そこまでしないと勝てないというのか！」

「うん。影王の力が強すぎて、そうしなければいけないみたいだよ」

事実、闇の神獣ヘル様が魔王カイエンに手を貸さなければ、こんな事態にはならなかった。

それを責めるつもりはないけれど……それを止めることさえできれば、影王はこっちに来られないというのが女神様の見解みたいだ。

「でも、マイン君。ヘル様の件をどうにかできたとして……よ？　まだ問題は残るんじゃない？」

「え？　問題？」

問題ってなんだろう。何かあったかな？

「影王よ。たとえヘル様の件がなくなって世界が繋がらなくなったとしても……影王自身はそのままなんでしょ？」

「む、その通りだな。影王自身が世界を繋げようとする可能性は否定できん」

　あ、そういうことか。シルフィとアイシャの疑問はもっともで、それは僕も女神様に聞いていた。

「そういうことか。問題ないらしいよ」

「む？　なぜだ？」

「女神様によると、時の流れっていうのは『正しい方向』に戻ろうとする力があるらしいんだ」

　そして女神様が言うには、２つの世界が侵略という方向で繋がるのは『正しくない』らしい。

「僕が歴史を変えれば、それによって影王の企みも潰える方向に歴史が変わっていくんだって」

　その辺りは女神様というよりも、時の流れが持つ力であるらしい。僕には難しすぎて、よく分からないんだけどね。

「そうなの……」

「うん。僕にもよく分からないんだけどね」

「私も分からないわ。でも……」

「でも？」

「あんまり心配はいらないってことだけは分かったわ」

「うん、そうだね」

それでいいんだと僕も思う。

「……正しい方向、か」

ポツリと、ピロースが呟く。そう、もちろんピロースとの約束だって忘れてなんかいない。エルフと世界樹を巡る、大きな歴史の流れ。それをようやく解決する時が来たんだ。

「エルフのことも、今回で解決するから。ずいぶん待たせちゃったね」

そう言って謝ると、ピロースはゆっくりと首を横に振る。

「いや、来たるべき時が来ただけだ。だが……」

「え？」

だが、なんだろう。ピロースは何を言いたいのかな。

僕がじっと見ると、ピロースは穏やかな笑顔を僕に向けてくる。

「感謝する。もう言えるか分からないから、言っておこう」

「あっ……」

僕はスカジ様の言葉を思い出した。

そう、歴史を変えるならもう、エイミさんやピロースには「会わなかった」ことになる可能性が高い。会っても……それは、僕の知っている2人じゃないんだ。

「そうだね。これがもう、最後かもしれないんだものね」

「ああ。少なくともダーク・エルフの私は消える。ならば歴史の変わったあとの『私』は違う私だろう」

寂しい、と思うのは違うんだろう。

これはエイミさんやピロースの悲願であって、ダーク・エルフのピロースが「なかったことになる」のは幸せな結末だ。

「だが、私は嬉しい。そう思うことを私は知覚しないままに『なくなる』のかもしれないが……私が感謝していたということだけは、覚えておけ」

「……うん」

そうだね。僕は覚えておこう。たとえ、歴史が変わったあとにピロースとの関係はなくなるとしても。

「それでマイン君。時を超える方法っていうのは……もう分かったってことでいいのよね？」

「うん。それなんだけど……」

「それについては、私が説明しよう」

【固有魔法・時空】が発動して、誰かがクランハウスに現れる。

思わず警戒した様子を見せるシルフィを抑えて、僕はその人に挨拶する。

今まで見たことも、会ったこともない人。でも、鑑定するまでもない。

その強大すぎる威圧、そして……事前に女神様から聞かされていた情報から僕はその人が誰か分かった。

「初めまして。えっと……神獣ヘル様、ですよね？」

「「「ヘル様⁉」」」

「ああ。女神様の命を受け、お前に加護を授けに来た。それによりお前は時を超える力を得るだろう」

現れたヘル様は黒いドレスを纏った女性で、どことなく不機嫌そうな表情だった。

でも、怒ってるとかそういうのじゃなくて、それが普通なんじゃないかって感じさせる方だった。

「だ、旦那様！　ヘル様がここに来るのを知っていたのか⁉」

「うん。女神様がそう言ってたから」

「マイン君。そういうことは、事前に教えておいてほしいわ……」

時を超える話が大きすぎてうっかりしてたよ。確かにその通りだよね。

「えっと……ごめんね」

僕がそう謝ると、２人とも「仕方ない」と笑ってくれる。

「イチャイチャするのは構わんが……私を放置しないでほしいものだな」

「あっ、ごめんなさい、ヘル様」

「フン、謝られるようなことではない」

うん、やっぱりいい人……神獣様だよね。僕が頷いているとヘル様は眉をひそめるけど、アイシャが恐る恐るといった感じでヘル様に話しかけていた。

「あの……ヘル様？」

「なんだ」

「ヘル様の加護でマイン君が時を超える力を得られるっていうのは……」

「そのままの意味だ。鍵が揃ったと言い換えてもいい」

「鍵？」

「時をさかのぼる力などというものを簡単に振るわれては困るだろう」

「た、確かに……」

何度も頷くアイシャだけど、それは僕も納得だ。例えばザナドゥがそんな力を持っていたら……と思うと、すごくゾッとする。

「それ故に、その力は決められた数以上の神獣の加護を受けて初めて発動可能になるようになっている」

「条件を満たしていても、それだけでは使えないってことですよね」

「その通りだ。だが、条件についても問題はないだろう」

つまり、僕の今持っているスキルの組み合わせで時を超えることが可能ってことだ。

「私がここに来たのは、その発動の補助のためでもある」

「しかし、マインが時を超える件については神獣様全員が同意したと聞いていたが、なぜ今になって加護を与える気になったのだ？」

「……」

ピロースの言葉には、僕もちょっと「そういえばそうだよね」と思ってしまう。

今はもう時をさかのぼらなければどうしようもない状況だけど、タイミングであれば今でなくても、いくらでもあったよね。

思わずじっと見てしまう僕の視線をヘル様はうるさそうに手で遮ると、小さく息を吐く。

「時をさかのぼることは、そう何度も乱発してよいものではない」

「何かあるってことですか？」

「ないはずがないだろう」

うっ、呆れたと言いたげな視線が突き刺さるよ。でも歴史は「正しい方向」に向かおうとする力があるって聞いてたしなあ。

「歴史を変えるというのは、そこから先の全てを捻じ曲げるということだ。産まれてくる赤子の性別が変わることだって、当然起こり得る」

　赤ちゃんの性別が変わる？　そんなことまで起こるなんて……でも、確かにあり得る話だよね。

「エルフの件は神獣ユミルのミスだ。故に私は時を超える話に同意した。しかし、タイミングは慎重にはかるべきだと思っていた」

「……そして、影王の件が起きた」

「そうだ。これは私のミスでもあるが、侵略を目論んでいた影王の意図も十分に絡んでいる」

「それなら、２度歴史を変える……というわけにはいかないんですよね？」

「それがどのような影響を及ぼすか分からん。最悪、過去か未来のどこかに繋がる可能性すらあるぞ」

　想像してみて、ゾッとする。そんなことが起こったら……どうなってしまうだろう。

「既にお前の中に手段はあると女神様は仰せだ。発動時の安定は私が補助する……さあ、やってみろ」

「……はい！」

試すべきなのは【鑑定・神】との組み合わせだ。時を超えるには……どれがいいんだろう？

【女神の印】はたぶん必須だよね。あとは……。

「やっぱり【固有魔法・時空】……かな？」

もともと【固有魔法・時空】は時間と空間を操るスキルだ。こんなに相応しいスキルは他にないと思う。

あとは……そうだ、過去に移動するにもきっと座標みたいなものがいるよね？

なら【地図】も必要かもしれない。あとは……どれだろう？

今の僕が持っている新しいスキルの中に答えがあるはずだけど。

新しいスキル……もしかして勇者スキル？

相変わらず読めないけど、どういうものかは分かっている勇者スキルがいくつかあったはずだ。

あとから召喚されたとかいう何人かの勇者が持っていたスキルの中に、【特殊魔法・闇の穴】と【特殊魔法・空間転移】というものがある。どちらも空間移動に関連するものだけど……影王や神獣ヘル様のことを考えるに、これが正解って気がする。【特殊魔法・空間転移】に関しては【固有魔法・時空】の下位互換って感じだけど……空間移動に特化した分、移動手段としては【固有魔法・時空】よりも優秀そうだ。

……待てよ？　そういえばザナドゥから【カット】した【タイムコントロール・強】と、バハムートから【カット】した【固有魔法・状態記録】があったはずだ。これらをすべて【錬成】したら……？

「……あっ」

【独自魔法・時空】：任意で発動、空間と時間を移動する魔法。

……説明が少し変わってる。「操る」から「移動する」になってる。説明じゃ違いが分からないけど……これなら時間移動も可能だよね。

「【独自魔法・時空】っていうスキルができました」

「……そうか。では早速始めよう」

ヘル様の言葉に、アイシャが、シルフィが……そしてシーラ様が、なんとも言い難い表情になる。

「そっか。マイン君、行くのね……」

「旦那様。私たちは行けないのか？」

「無理だな。さすがにそこまで自由になる力ではない」

まあ、そうだよね。あ、そうだ。小石に貼り付けておいた【固有魔法・時空】を僕に貼り付けておかないと。いつ必要になるか分からないしね。

『わふっ、まいん。おれもいけないのか？』

『うん、そうみたい……だね』

わっふるについてきてもらえたら、すごく頼りになったんだろうけど……。

『そうか。おれ、るすばんしてるぞ！』

『うん、お願いね、わっふる！』

わっふるを抱き上げる僕に、シーラ様が不安げな瞳を向けてくる。

「マイン様……もし、歴史が変わったら……」

「え？」

「……いえ、なんでもありません」

そう言ってシーラ姫は黙ってしまう。なんだろう……何が言いたかったのかな？

「さあ、話も終わったならば時間遡行（そこう）の準備をしろ。影王がいつ気付くとも分からん」

「はい！」

僕はわっふるを下ろすと、【独自魔法・時空】を使用する。

その瞬間、頭の中に凄まじい情報が流れ込んできた。

まるで巨大な夜空のような……凄まじい数の過去や未来の風景が頭の中で輝きを見せている。

「落ち着け、マイン。今は私が外からスキルを抑えている……これを制御するスキルは、既にお前の中にあるだろう」

ヘル様の声が聞こえてくる。確かに、このままじゃ……こんな中から目的の場所を選ぶなんてできない。だからこそ、僕は【女神の印】と【地図】を使用する。

その瞬間、頭の中にあった星空みたいな光景が、時系列順に並んだ長い……とても長い巻物のようなものに変化する。

「えっと……目的地は10年前だよね」

僕の頭の中で巻物が「10年前」へと移動していく。あとは……場所を選ばなきゃ。

行くべきなのは……そう、世界樹の近く。エルフの国だ！

「じゃあ、行ってくるよみんな！」

そう宣言して……僕の身体は、10年前のエルフの国へと飛んで……その瞬間、意識が遠くなるのを感じていた。

「……ん？」

葉っぱが風に揺れる音。浄化されたかのような綺麗な空気の香りと……頭に感じる、柔らかい感触。

これって、もしかして……膝枕？

「目覚めたか。こんなところで倒れているとは……おかしなヒュームだな」

「ピロース、そんなこと言わないの。まだ小さい子じゃない、きっとご両親とはぐれたんじゃないかしら」

えっと……ピロース？　肌が白いけど、確かに顔は僕の知ってるピロースと同じだ。

でも、僕の知ってるピロースよりもずっと穏やかそうな顔をしてる。

というか、僕を膝枕してくれているのもピロースだ。

闇落ちでダーク・エルフになってないせいなのかもしれないけど……ここまで違うと別人にすら思えてくるよ。

隣にいるのはエイミさん、だよね？

エイミさんも、僕の知ってるエイミさんよりもふわっとした感じだ。

こっちもエルフにまつわる事件が起こる前だからってことなんだろうね。

でも、ちょっと気になった僕は、２人を鑑定してみることにした。

そうしたら、やっぱり２人はピロースとエイミさんだった。

名前：ピロース　ＬＶ：14　種族：ハイ・エルフ　性別：女
【スキル】片手剣・聖　聖樹拘束ユグドラシルバインド　固有魔法・木
【世界樹の加護】世界樹の祝福

ピロースは10年後のピロースよりもレベルが低くなってるね。種族もハイ・エルフだ。

名前：エイミ　ＬＶ：８　種族：ハイ・エルフ　性別：女
【スキル】固有魔法・木　魔法・回復大　錬金術
【世界樹の加護】世界樹の祝福

エイミさんは、あんまり変わらないね。

「なんだ、こいつ……私たちの顔をじっと見て」

「驚いてるんじゃないかしら。ねえ、あなた、名前、言える？」

あっ、そうだよね。ずっと黙ってたら不審者みたいだ。

「えっと、僕はマインといいます。その、僕を助けてくれたんですか？」

「ああ。いつの間にか見知らぬヒュームが世界樹の根元に倒れていたからな」

「しかも、なんだか世界樹の加護を受けてる気配がするんだもの。ビックリしたわ」

「まあ、それで不審者ではないと知れたわけだが……」

そっか。僕も【世界樹の加護】を持ってるから……エイミさんたちにはそれが分かったのかもしれない。それが身分証明になって不審者と思われなかったのなら、ちょうどよかったよね。

世界樹様、本当にありがとうございます！

「それで？　名前が言えたなら目的も言えるだろう。親は？　ここにはどこから来たんだ？」

うっ、なんか顔をホールドされてるぞ。抜け出そうと思えば抜け出せるけど……。

「えっと、両親は……」

僕の両親は……いない。もう死んでいる。そのことを思い出して、ホロリと涙が零れて。

「な、なんだ!?　どうした!?」

「ピ、ピロース！　何か悪いこと聞いちゃったんじゃないの!?」

「そ、そんなこと言われてもだな……」

ワタワタと慌てるピロースの手の力が緩んで、僕は起き上がる。

「すみません。ちょっと思い出しちゃって……」

「あ、いや……こちらこそ、すまない」

「ごめんね。えっと……マイン君？」

「いえ、いいんです。怪しまれるのは当然だと思いますし」

でも実際、どう説明したものかな？　時間をさかのぼってきたなんて言っても、信じてもらえるとは思えないよ。

悩んでいる僕に、ピロースが頭に手をのせてくる。

「まあ、私も急かし過ぎたな。何か事情がありそうだ……まずは落ち着くことが必要だろう」

「そうね。温かいお茶か何かを持ってくるわ」

走っていくエイミさんを見送っている間にも、ピロースは僕を抱き寄せて頭を撫でてくる。

「ここ最近、ちょっとした事件が頻発していてな……見知らぬ者に敏感になっていたんだ。すまないな」

「ちょっとした事件……ですか？」

エルフを巡る一連の事件を思い出す。確か……。

「ああ。行方不明事件だ。遠出したエルフが戻ってこなくなることがあってな……」

行方不明事件。それはたぶん違うと僕は知っている。

これは、ウィルズ国王の仕業……だと思う。

エイミさん……ううん、こう呼ぶと混乱するから「未来のエイミさん」にしておこう。ともかく未来のエイミさんに聞いた話では、ウィルズ国王がエルフを攫ってくるように命令していた時期があったはずだ。それでも欲望が収まらなかったウィルズ国王が起こしたのが、エルフの国への侵略戦争……だったはずだ。

そしてエルフの行方不明事件がこの「ウィルズ国王の命令によるエルフ誘拐事件」であるなら……近いうちに、ウィルズ国王による侵略があるはずだ。

「その事件って……いつから起こってるんですか？」

「ん？　んんー……」

僕が聞くと、ピロースさんは難しそうな表情になる。

「2年前くらいから、か？　確かそのくらいからだったと思う」

……うーん、エルフの「最近」はすごく長いんだね。でも、そうなると……今日か明日にでも侵略軍がやってきてもおかしくないはずだ。

ウィルズ国がエルフの国にやってくる前に止めなきゃいけない。でも、どうやったら止まってくれるのかな……？

ウィルズ国王の命令で進軍してくるなら止まらないだろうし……一時的にどうにかしても、

根本的な原因をどうにかしないと、歴史は変わらない気がする。

「おい」

額をぺしっと叩かれて、僕は思考を中断してしまう。え？　何？　どうしたんだろ？

「何を考えているか知らんが……悩みなら聞くぞ？」

「えっと……ありがとう、ございます？」

こっちのピロースとは知り合いじゃないから、なんとなく距離感に迷うね。

でも……相談、かあ。うーん。

「えっと……仮に、なんですけど」

「ああ」

「エルフの行方不明事件が、ヒュームの仕業だったら……どうします？」

僕がそう聞くと、ピロースは今までで一番難しそうな表情になる。

「……あり得ない話じゃない。ヒュームにとってエルフは魅力的に映るらしいからな」

「なら、もしヒュームの国が……」

「おまたせ！」

僕が最後まで言う前に、エイミさんがお茶の入ったカップを持ってパタパタと走ってくる。

「はい、マイン君。ちょっと冷ましてあるけど、一応気を付けてね！」

「妙に時間がかかっているとは思ったが……冷ましてたのか」

「だって火傷しちゃったら大変じゃない」

「ありがとうございます」

カップを受け取ってお茶を飲むと、ものすごくやさしい味がして……なんとなく疲れまでとれていくような気がした。

「特産のお茶なのよ。美味しい？」

「はい、すっごく美味しいです」

「よかった！」

ニコニコするエイミさん。うーん、でもこのお茶、本当に美味しいなあ。未来に持って帰りたいくらいだよ。

「それで、一体なんの話をしてたの？」

「えっとですね。もがっ」

「なんでもない。それよりマイン。お前は今日は泊るところもないんだろう？　私の家に泊めてやろう」

口を塞がれちゃった。聞かれたくないってことかな？

「ピロースってば……そういう子が好きだったの？」

「何を誤解してる。ほら、行くぞ」

ピロースに手を引かれて、僕はエイミさんに手を振りながら歩く。

「うふふ、また明日ね、マイン君」

「はい、また明日、エイミさん」

ん？　何か今ピロースから強い圧を感じたぞ。なんだろう……？

ピロースの家に入って扉が閉まると同時に、僕は壁際に追い詰められた。壁をドン、とピロースの手が突く音が聞こえてくる。

え？　何？　なんだっていうんだ？

「……多少の違和感は飲み込むつもりだったが……さっきのはさすがに看過できんぞ」

「え？　な、何がですか？」

「お前、なぜエイミの名前を知っている？」

「それは……」

え？　それがどうしたっていうんだろう？　エイミさんの名前を知っていると何か問題があ

るのかな？

疑問符を浮かべる僕を、ピロースはギロリと睨みつけてくる。

「エイミは自己紹介などしていないし、私も一度もエイミの名前を呼んでいない。なのになぜエイミだと分かった」

うっ、しまった。言われてみればそうだったかも。確かにエイミさんはピロースの名前を呼んでいたけど、ピロースはエイミさんの名前を一度も呼んでいなかったかもしれない。

「そうして一度違和感を感じてみれば……お前が最初から変だったとよく分かる」

え？　ま、まだ何かあるの？

「お前が私を見る目は、親しい者を見る目だった……だが同時に、何か戸惑いも感じられた。てっきり両親にでも似ているのかと思ったが……違うな？」

うわっ、すごい鋭い。エイミさん関連で勘が冴え渡ってるのかな。それとも、もともとのピロースはこんな感じだったんだろうか？

「言え。なぜエイミの名前を知っている？」

う、うーん……どのみち、この時代で協力者を見つけないとどうしようもなかった気もするし……ピロースに僕の事情を説明してみよう。

「えっと……実は僕、未来から来たんです」

まず端的に結論から言ってみると……ピロースの眉間に、分かりやすくしわが寄った。

「……よし、ちょっと待て」

眉間を揉んで、ピロースはふうと息を吐く。

「もう一度言ってみろ」

「未来から来ました」

「……聞き間違いじゃなかったみたいだな」

ピロースは僕から離れると、近くの椅子を引き寄せて座り込む。

「お前も座れ。そして聞かせてみろ。その荒唐無稽な話をな」

うーん、疑ってる目だ。でも仕方ないよね。

僕はピロースに言われた通りに向かいに座って、過去に来ることになった経緯を簡単に話していく。そしてそれが終わる頃には……ピロースは、ぐったりとした感じで天を仰いでいた。

「……エルフが神獣によって滅びかけて？　私が闇落ちして？　お前に世界樹の加護がなければ、悪質な詐欺師として追い出してたところだ」

「その前にウィルズ国の侵略がありますけど」

「それは聞いた。というか、なんだ影王って。私の理解を超えているぞ」

「そんなこと言われても……」

「それより、マイン。お前……今の話に、意図的に抜いた部分がなかったか?」

うっ、やっぱり鋭い。確かに【カット&ペースト】関連は抜いている。今のピロースに話していいことか判断がつかなかったしね。

「確かに、隠してる部分はあります。でもそれは簡単に話せることじゃなくて……」

「……そうか。ならまあ、それに関してはいいだろう」

え? いいの?

「なんだその顔は。誰にだって隠したいことくらいある。それが私やエイミに害をなす類の隠しごとでないなら構わん」

「それは約束しますけど……いいんですか、そんな簡単に」

「いい。お前の話自体は、筋が通ってもいるしな」

言いながら、ピロースは長い……とても長いため息をつく。

「お前がエルフを救いに来たという話が事実であるという前提で話すがな」

「はい」

「正直、どうすればいいのかサッパリ分からん」

「ですよね……」

さっきも考えていたけど、根本的な原因をどうにかしないと歴史は変えられない気がする。

今回の場合はユミル様……ではなくウィルズ国王とウィルズ国軍だ。でも、だからって倒しちゃうってわけにもいかないよね。とんでもないことになりそうだ。

「どうしたらいいのかな……元の世界であればファーレン様に相談できるんだけど」

「誰だ？　そのファーレンとかいうのは」

「10年後のオーガスタ王国の……王様です」

10年前だと、どうなんだっけ？　歴史にはあまり詳しくないから分からないや。

でも……今会っても、知り合いじゃないしなあ。お父さんとお母さんの息子ですって言って会ってくれるとも思えない。この時代のシルフィも同じだ。まだ、僕の奥さんじゃないからね。

ちょっと寂しいけど……これぱっかりは仕方のないことだ。

「私はヒュームの国に詳しくないから国名を出されても分からんが……まあ、今のお前が行っても不審者だろうな」

「うーん……」

悩む僕を見ていたピロースが、ふと思い出したように「そういえば」と呟く。

「未来の……ダーク・エルフになってしまった私はお前と仲間だったんだろう？」

「あ、はい」

「お前は仲間にそんな感じの口調なのか？」

「へ？」

何を言ってるんだろう。

「そりゃあ……違いますけど」

「なら私にもその敬語をやめろ。どうにもくすぐったい」

え、いいのかな？　でも本人が言ってるんだしな……。

「分かったよ、ピロース……これでいい？」

「ああ、構わん。うん、不自然さが取れたな」

そんなにかなあ……あんまり自覚はないんだけど。

「とにかく、迷った時には目標の確認と現状の整理と問題点の洗い出しだ」

「そうだね、やってみよう。まず……１つ目の目標はエルフの国の救済、２つ目の目標は影王の侵略の阻止だ」

「現状は……その未来を知るというお前がここにいて、そこから察するにヒュームの国、ウィルズ国からの侵攻が近い……と」

うん、その通りだ。なら次は問題点だけど……。

「どうすれば解決するのか分からないのが問題点ってことだよね」

「違う。要は侵攻を止めれば解決なのだから、それをどうやってするかが問題点だろう」

「どうやって侵攻を止めるか……か」

確かにその通りだ。でも、どうすれば止まるんだろう？

ううん、ダメだ。思考がループしてしまう。

神獣様に止めてもらう？　ダメだ。ユミル様の件の繰り返しになってしまう。

そもそも、この時代の神獣様にどう信じてもらうかっていう問題がある。なら、神獣様に頼らない方向で考えるしかない。

確か……歴史では「良識ある各国の王が合同で兵を出したけど間に合わなかった」んだよね。

つまり……そこまでもたせることができれば、良識のある国の介入を期待できるんじゃないかな？

「僕たちでウィルズ国軍を追い返すことができれば、周囲の国の助けを得られる……と思う」

「そうかもしれないな。だが…私たちエルフは戦いを好まない者ばかりだ。戦闘経験などない者が多いし、ヒュームの国が攻めてくるなどという話を信じてもらえるかどうか」

確かに……ピロースに信じてもらえただけでも奇跡みたいだものね。

それに歴史でも「エルフたちはまさかいきなりそんな理由のために一国が侵略戦争をしてくるとは思ってもおらず、抵抗らしい抵抗もできずにエルフの国は滅ぼされてしまった」らしい。

そんな人たちに「攻めてくるから戦ってほしい」って言ってもなあ……という気はする。

「でも、どちらにせよウィルズ国軍はどうにかしないとなあ」

「ああ。しかし血が流れれば、ウィルズ国とて引っ込みもつかなくなるだろう……難しいな」

「うーん、そうだよね」

ウィルズ国の王様の命令で攻め込んでくるんだとしても、被害が出れば簡単に引けなくなるだろうことは分かる。

何かないかな。何か、無血で「攻め込んでも無駄」と思わせるような、そんな手段。

「……あっ」

僕は、そのスキルを思い出す。そうだ、そうだよ！　あのスキルでなら、それができるかもしれない！

「何か思いついたのか、マイン？」

「うん。上手くいけば、全部上手くいくかもしれない……！」

あとは、いつウィルズ国軍が攻めてくるかを知るだけだね。

「へっへ……エルフってのはどいつもこいつも隙だらけだぜ」

「ああ、さっさと捕らえて売りに……うおっ⁉」

エルフの国で獲物を探していた奴隷商人が、足が動かずにビタンと大きな音を立てて地面に倒れる。

「おいお前、何遊んで……ぐあっ⁉」

もう1人もやっぱり足が動かずにビタンと倒れる。

「な、なんだあ⁉　あ、足が地面に貼り付いて⁉」

どれだけやっても、【ペースト】してる以上は簡単に外れやしない。久々の使い方だけど……【地図】との合わせ技なのは、あの時とは違う部分かな？

すぐに【固有魔法・時空】で移動してきた僕とピロースは、驚いたような表情でこっちを見ている数人のエルフをそのままに奴隷商人を縛り上げる。

「え⁉　な、何が⁉　なんなんですか⁉」

「お前は狙われていたんだ。この奴隷商人どもにな」

「ええっ⁉」

エルフが、僕と奴隷商人、そしてピロースを順番に見ていく。

「あの、そのヒュームは……」

「マインのことか？　取りあえずは私の相棒だ」

「ご無事でよかったです」

奴隷商人がヒュームである以上、僕よりもピロースが前に出た方が信用されやすい。

これを言いだした時にピロースは嫌な顔をしていたけど、やっぱり正解だったみたいだね。

「それにしても……」

奴隷商人を踏んづけたピロースが、僕へと視線を向ける。

「まったく……とんでもないな、お前は」

「いろいろあったからね、あっちでも」

「フン。その話も聞いてみたいものだが……」

言いながら、ピロースは奴隷商人を軽く蹴飛ばす。

「まさか本当に私たちの国に誘拐に来ているとはな。このゲスめ」

「く、くそっ！　なんで分かったんだ⁉」

なんでか……っていうと、【地図】と【鑑定・神】の組み合わせで奴隷商人を見つけただけなんだけどね。もちろんスキルは【カット】してある。

「だいたいガキ、お前ヒュームだろ⁉　なんでエルフの味方してんだ！」

「僕にはエルフの敵に回る方が理解できないよ」

ヒュームだからエルフの味方になっちゃいけないなんて決まりはないし。

奴隷商人の善悪についてとやかくこの場で言う気はないけど、誘拐は確実に悪事だ。たとえ王様がそうするように指示してたとしてもね。

どっちにしろ、こいつらとそれについて議論してる暇はない。議論する気もないけどね。

とにかく、それより優先すべきことがいくらでもある。

「ピロース、まだいくつか奴隷商人のグループがあるよ」

「そうか。おい、そこのお前たち。こいつらのことを最寄りの里に通報してくれ。誘拐犯だ」

「は、はい！」

誘拐されかけたエルフが何度もピロースに頷いたのを確認してから、僕は【地図】で次の奴隷商人のスキルを【カット】して足を【ペースト】で地面に貼り付ける。

「よし、行こう！」

「ああ。奴隷商人どもめ……好き勝手はさせんぞ！」

そうして僕とピロースはいくつかの奴隷商人のグループを捕まえて、ピロースの家へと戻ったのだった。

「さて、じゃあ風呂にでも入るか」

「え？　この家、お風呂があるの？」

僕の家には特製のお風呂があるけど、まさかこの時代のピロースの家にお風呂があるなんて！

「ああ、あるぞ。わざわざ専用の魔道具も入れている自慢の風呂だ」

「そうなんだ」

そう、お風呂は作るのが大変だ。通常は専用の魔道具を使い、井戸などから水を引き、それを専用の窯で温めて湯釜に流し込むそうだ。

そのため、工事費や魔道具の代金が馬鹿高いうえに工事が大がかりになる。

それがネックで、お風呂が一般に普及しない原因となっているようだ。

僕は【カット&ペースト】のおかげでいろいろ省略できたけど……すごいなあ。

「じゃあ、僕はここで待ってるよ」

そう言うと、ピロースは理解できないものを見る目で僕を見た。

そんな不可思議なことは言ってないと思うんだけどなあ。

「何を言ってるんだマイン。お前も一緒に入れ」

「え!?　い、いや。そんなわけにはいかないよ！」

「手間と水と金の無駄だ。ほら、さっさと行くぞ」

「ええ⁉　ていうかピロースはそれでいいの⁉」

僕がそう叫ぶと、ピロースはきょとんとした表情になったあと、悪戯っぽい笑みを浮かべる。

「……なんだお前。私を意識してたのか」

「普通、かわいい女の子とお風呂に入るってことになれば意識すると思うけど」

「ふふっ、そう言ってもらえるのは嬉しいな」

「なら……」

「だが却下だ。さあ、入るぞ！」

……結果として僕はピロースとお風呂に入ることになってしまった。

何もなかったということだけは、断固として主張したい。

ていうか、次の日はエイミさんまで一緒に入ってきたんだけど……どうなってるんだろう、エルフのその辺の感覚って……。

あ、もちろん何もなかったよ。何もね。

そして、４日後。【地図】を見ていた僕は「うーん」と声を上げた。

「見ている限りだと、奴隷商人もその手先もエルフの国には入っていないね」

【地図】には奴隷商人も、その手先も表示されていない。これはつまり、彼らは今エルフの国に１人たりとて入ってきていないという証明でもある。【地図】と【鑑定・神】の組み合わせから逃げられるとは思えないから、これは確実だ。

「だいぶ捕まえたからな……警戒したのかもしれん」

言いながらピロースはあったかいお茶を机に置いてくれる。このお茶もだいぶ慣れてきたけど……やっぱり美味しいな。世界樹の力らしいけど、もしかするとこのお茶もエアリーの身体に効くかもしれないね。

そうやってお茶を飲んでいる僕をなんだか満足そうに見ながら、ピロースはポツリと呟く。

「これで諦めてくれればいいのだが、そうもいかんのだろうな」

「だろうね」

直接会ったことはないけど、ウィルズ国王が止まることはないと思う。むしろ……。

「エルフの奴隷が手に入りにくくなることで、行動を早める可能性もある……かも」

ウィルズ国王は、何をやっても欲望が満たされずにエルフの国に侵攻した。なら、エルフが手に入らなくなったらどうする？　諦めるとは到底思えない。満たされない欲望が、苛立ち(いらだ)を加速させるはずだ。きっと無茶な行動に出てくる。

「そうだな。それで……お前の作戦は上手くいくのか？」

「たぶん、だけどね」

そう、歴史では良識ある国々はエルフの危機に兵を出した。つまり……それが起こると分かっていれば、ウィルズ国が何かをする前に兵を出してもらうことだって可能だよね。

そして、数日で捕らえた奴隷商人のあまりの多さにエルフの国も危機感を覚え……僕の【固有魔法・時空】でこの時代のオーガスタ王国にエルフの国の偉い人からの使者を出している。

結果としてエルフが危機的な状況にあることは理解してもらえたみたいで、すぐにオーガスタ王国から各国に使者が出されることになっている。

それでも間に合わないだろうけど、史実よりはずっと早く連合軍が到着するはずだ。

「たぶん、か……まだ心配は尽きないな」

「殺すわけにはいかないしね……」

「それはそうだ。というか、お前にそこまで背負わせるわけにはいかん」

「ありがとう。ピロースはやさしいね」

そう言うと、ピロースは顔を赤らめてしまう。

「な、何を言ってる。まったく、お前は……」

「こんにちは！　って、あれ。おじゃまだった……？」

ドアを開けて中に入ってきたエイミさんが扉を閉めようとするのを、立ち上がったピロースが近づいて押さえる。

「何を誤解してる。いいから入ってこい」

「ええ？　でも……」

「でもじゃない」

引きずり込まれたエイミさんは、僕を見てヒラヒラと手を振る。

「こんにちは、マインくん」

「はい。こんにちは、エイミさん」

こっちのエイミさんには元の時代で見た陰のようなものが全くない。

このエイミさんのままでいられるように頑張らないとなって思えるよ。

そんなエイミさんは僕の近くに座ると、笑顔を浮かべる。

「それにしても、奴隷商人があんなにいたなんて……すっごく驚きだったわ」

「それは確かにな。まさか無理やり奴隷狩りをしてる連中がいるなんて」

「そうだね。やってはいけないことだって分かってるはずなのにね」

そんな悪党に遠慮する気はないけど……戦いを好まないエルフを狙う辺りが、すごく許せない。

「それでマインくんの予想だと、ウィルズ国が黒幕なのよね?」

「はい。そろそろ大きな手に出てくる頃だと思います」

「やだなあ。まさかそんなこと……って思うけど、奴隷商人の件もあるし……」

結局、ピロース以外には本当のことを伝えてはいない。時をさかのぼることなんて証明できないし……怪しまれるよりも、これが正解だろうってピロースと相談して決めたんだ。

「でも、マイン君もすごいよね。強いしかわいいし……いろんなエルフのピンチも救ってくれたし」

「あ、いえ。それが僕の目的でもありますし」

エルフを救うことが、このままのエイミさんやピロースを未来に向かわせる道に繋がってる。だから、精一杯頑張らないとね。

「そうやってクールなところもかわいいって、結構人気なんだよマインくん」

「そうなんですか?」

「そうなの。頑張らなきゃダメよ? ピロース」

「だからお前は……ああ、もういい」

大きくため息をつくと、ピロースは近くに置いた剣に視線を向ける。

今回の事態を受けてピロースに渡された剣らしいけど……ずいぶん気に入ってるみたいだ。

名前：アイアンソード＋3　攻撃：＋13　階級：中級　特攻：なし　特性：なし

でも、うーん。そこそこって感じだ。最近すごい武器ばっかり見てたから、感覚がマヒしてるのかも。戦いを好まないエルフの国なら、こんなものなのかもしれないね。

……一応、僕の収納袋には未来のピロースに渡したものとは別の破片から再生したアルマス・スワードがある。どうしようかな……。

「なんだ？　あの剣が気になるのか？」

「気になるかどうかって話なら、まあ……」

「ふふ、いい剣だろう。だが、やらんぞ？　貸出品だから私のものでもないが……」

「ピロース、剣とか好きだものね」

「ああ、好きだ。まあ、振るう機会などないのが一番ではあるがな」

「そうよねー」

うーん、こうして話してると、ほとんど別人って感じだ。

……うん。やっぱり、やるべきことはやっておくべきかな。

僕は収納袋からアルマス・スワードを取り出すと、机の上に置いてみせる。

「え？」

「はあっ⁉」

困惑した様子のエイミさんと、驚きで口が塞がらないといった感じのピロース。剣への理解度が如実に出てるね。

「な、なんだ、この剣は！」

「え？　確かにすごそうだけど……そんなにすごいの？」

「すごいなんてもんじゃない！　こんなもの、国宝にもあるかどうか……！」

「えええー⁉　すごいものってことじゃない！」

「だからさっきからそう言ってるんだ！」

まあ、そういう反応になるよね。

名前：アルマス・スワード　攻撃：＋70　階級：超級　属性：光　特攻：ドラゴン
備考：時々2倍撃　武技：シャンディッシュ・クラッシュ　スキル：再生

何しろ、これがアルマス・スワードだ。しかも【再生】をつけることで【シャンディッシュ・クラッシュ】を発動させても壊れないようになっている。階級も超級……中級の剣がいい武器の扱いだったら、当然の反応だろう。最初の頃の僕だって、こんな剣を見つけたら慌てるどころの騒ぎじゃなかったと思う。

「くっ……こんな、こんなすごいものを私に見せてどうするつもりだ！」

「あっ、まさか結婚指輪代わりなんじゃないかしら！」

「なんだと……！　心揺れる……私はどうしたらいいんだ！」

「違うよ」

過去に来てまでお嫁さんを増やしたりしたら……しかもそれがピロースだなんて、未来がどう変わってしまうのか怖すぎる。さすがにそんな度胸はないよ。

「これをピロースに渡しておこうと思ってね」

「やっぱり……！」

「だから違うってば」

「こんなものを『はい、そうですか』と受け取れるか！」

うーん、困ったな。確かにすごい武器ではあるけど、ピロースを守るためでもあるし。

「でも、何も神級武器を渡そうって話じゃないから……受け取ってくれると嬉しいんだけど」

「神級!?　お、お前……まさか神級を持ってるとか言いだすんじゃないだろうな！」

「……」

「こっちを向け！」

「持ってないよ」

「視線をそんな遠くに放り投げといて……！　くっ！　ああ、もう！」

アルマス・スワードを掴むと、ピロースは僕を睨みつける。

「分かった！　この剣は預かっておいてやる！　これでいいんだな⁉」

「うん、それでいいよ。そのアルマス・スワードはピロースなら扱えると思う」

未来でも扱ってたしね。十分いけるはずだ。

「……アルマス・スワード……か」

「専用武技もついてるよ。シャンディッシュ・クラッシュだってさ」

「専用武技⁉」

「す、すごい……ピロース、どうするのこれ……」

「ど、どうするも何も……今さらあとに引けるか」

これでよかったのかな？　よかった……はずだよね、うん。

「さて、と……」

今日の日課を、僕は続行する。今度【地図】で探すのは、ウィルズ国軍だ。エルフの国の範囲内にいるなら探せるはずだけど、ここ数日で一度も引っかかったことはない。そうしてみると……。

「……いる」

「いるって……」

「まさか！　マイン、やつらが来たのか⁉」

そう、地図上にはウィルズ国軍を現す無数のマークが表示されている。

来た……エルフの国に奇襲をかけて滅ぼした、ウィルズ国軍だ。

やっぱり援軍は間に合わなかった。でも、ここで僕が止めるんだ！

使うのは【女神の印】と【固有魔法・結界】。【女神の印】によって効果が増幅された【固有魔法・結界】は……狙い通りにウィルズ国軍を一気に結界で覆って拘束する。物理攻撃も魔法攻撃も無効にするから、ウィルズ国軍はそこから抜け出せないはずだ。

「……ふう」

「ど、どうしたの、マインくん！　何が来たの⁉」

オロオロしているエイミさんに僕は「大丈夫ですよ」と告げる。もう僕が解除しない限り、ウィルズ国軍は結界から抜け出せない。あとは連合軍に引き渡せば大丈夫だ。

スキルは……今は【カット】しないでおこう。彼らだって、命令で仕方なく動いているんだろうしね。

「……お前の策が見事はまったというわけだな」

「うん。これで他の国からの援軍が来るまでは拘束していられるよ」

僕がそう言うと、ピロースは呆れたような……けれどホッとしたような表情で笑う。

「……そうか。お前の規格外ぶりには驚くしかないが……安心したよ」

「うん、これで一安心だよ」

ウィルズ国軍が来ないということはエルフの国が滅ぼされることもないし、ピロースが闇落ちしてダーク・エルフになることもない。

そしてウィルズ国軍が世界樹に手を出すこともないから、神獣ユミル様が暴れることもない。

史実通りにウィルズ国が滅んでいないから、今後も狙うんじゃないかっていう心配はあるけど……今度は連合軍も間に合うから、どうにかなるんじゃないかな、と思うけど……。

……やっぱり、もう狙えないようにウィルズ国軍のスキルは全部【カット】しちゃおう。そもそも考えてみれば命令とはいえ、あいつらがエルフの国を滅ぼしたんじゃないか。

どんどん【地図】で確認しながらウィルズ国軍のスキルを【カット】していく僕を、エイミさんとピロースが不思議そうに見ていた。

4章　巨大なる転換点

　あのあと数日経って、ウィルズ国軍の出陣を察したらしい各国の軍がエルフの国に送られてきて、へたりこんでいたウィルズ国軍を発見。『なぜか』体力を消費した彼らをアッサリと捕縛したわけだけど……それは僕が彼らの到着を【地図】で察して結界を解除したからだ。

　そうして戦力を大きく減らしたウィルズ国だけど……暴動が起こって、今は大変な状態らしい。軍が一気にいなくなったわけだからね。今の王様がすげ替わるのも時間の問題……というのは、エルフの国の偉い人から事情を聞かせてもらったピロースの言葉だ。

「つまり、お前はエルフを救ったわけだ、マイン。王はお前にぜひ会いたいと仰っているそうだが」

「うーん。でもここで顔と名前を覚えられちゃうと、未来で大変なことにならないかな？」

　あまり僕の名前や顔が売れても、この時代の僕が困りそうな気もするよ。

　そういうのは避けた方がいいんじゃないかな？

　そう思った僕だけど……次のピロースの言葉は、ものすごく衝撃的だった。

「何を今さら。お前がここに住んでることはみんな知ってるぞ」

「え、そうなの⁉」

な、なんで⁉　僕、ご近所付き合いの類はしてないはずなんだけど！

なんでそういう話がエルフの国に出回ってるのさ！

「エイミは結構おしゃべりだからな。きっと今頃お前は私の旦那扱いだ」

ひええ……予想よりとんでもないことになってるよ。

ていうかエイミさん……困るよ……確かに口止めはしてなかったけどさ。

そっか、エイミさんって、もともとはそういう性格だったんだなあ。

未来のエイミさんしか知らないから、分からなかったよ……。

「しかし、このアルマス・スワードも結局使う機会はなかったな」

「使わない方がいいんでしょ？」

僕がそう聞けば、ピロースはきょとんとした顔になったあと……小さく笑う。

「ああ、そうだな。その通りだ」

ハイ・エルフのピロースは、ダーク・エルフのピロースと違って戦いに積極的じゃない。武器が好きでも、使うよりも見てる方が好きって感じだ。その辺りは大きな違いだよね。

「それで、マイン」

「うん」

「これからどうするんだ？」

「どうって……」

「影王だ。そう言っていただろう」

「……」

そう、確かにこれで終わりじゃない。僕の次の目的は、影王がこっちの世界に影響を及ぼすのを防ぐことだ。これをどうやって防げばいいのか。

いや、手段はあるんだ。問題は、それを本当にやっていいのかという一点だけだ。

「手段は、あるよ」

「本当か⁉　ならば、すぐにそれを……！」

「魔王カイエンを倒す。それで全部解決する」

「なあっ⁉」

絶句するピロースだけど、当然だと思う。でも、どう考えてもそれが一番早くて確実な解決方法だ。魔王カイエンさえいなければ未来において勇者は召喚されないし、神獣ヘル様が力を貸すこともない……つまり、影王もやってこれなくなるんだから。

ただ、これをやると……大きな問題も発生するんだ。

「解決する。するけど……これをやれば、きっと未来がすごく大きく変わる」

「それは……そうだろうな」

「きっと、僕の知らない未来になる。帰ったら、何もかもが変わってるかもしれない」

ヘル様も言っていた。歴史を変えるというのは、そこから先の全てを捻じ曲げるということだと。魔王カイエンを倒すことは、きっと想像以上に大きい何かを変えることだ。その先にある未来がどんなものなのか、僕にも分からない。

だから、ずっと他の方法を考えてたけど……何も思いつかない。

「帰った先に……僕を待ってる人が、いなくなってるかもしれない。そう思うと、怖いよ」

アイシャが、シルフィが……みんなが、僕の側にいない未来が待ってるかもしれない。

それが、すごく怖い。

「……マイン」

気が付くと、ピロースが僕を抱きしめていた。

「心配いらん。たとえそうだとして……10年後の未来にお前が1人だったとして」

「……」

「私がいる。10年後、私がお前のもとに行ってやる」

「それは……心強いね」

たとえ、この場限りの慰めに過ぎないとしても嬉しい。そんなことを思う僕を抱きしめる力

が強くなる。そうじゃない、本気だ……と言うかのように。

「そうだろう？　お前のおかげでエルフは……私は救われた。ならば、私だってお前を救おう。なに、心配はいらん。時など超えずとも、10年をお前を思い過ごそう」

まるで愛の告白みたいだと僕は思う。でも、そっか。それなら……きっと、未来を大きく変えることも怖くない。僕は、未来でも1人じゃないんだから。

「ありがとう、ピロース。本当に嬉しい」

ピロースのキスを、僕は受け止める。ただそれだけのことで、ものすごく強くなれた気がした。

「さあ、やることは決まったか？」

「うん。魔王カイエンを倒す。その先にある悲劇の根を、根こそぎ消し去るんだ」

僕が決意と共にそう言えば、ピロースは力強く頷いてくれる。

「よし。ならば私も付き合おう。まさか嫌とは言わないだろうな？」

「言わないよ。一緒に行こう、ピロース」

「もちろんだ！　まあ、嫌だと言ってもついていくがな！」

「あはは。本当に頼りになるよ」

「そうか。もっと頼りにしていいんだぞ？」

さあ、そうと決まれば作戦会議だ。魔王カイエンを倒して、未来を守るんだ！

僕たちが【固有魔法・時空】で移動したのは……魔王カイエンのいる場所、ではない。

オーガスタ王国にある、僕には馴染みのある場所。見ておきたかった場所が、そこにはある。

「……ここは……？」

戸惑ったように周囲を見回すピロースだけど、それも当然だ。まだここがどこか説明してなかったからね。

「先に行きたい場所があると言っていたが……ここは？」

「僕のお父さんとお母さんのお墓だよ」

「……！」

まだ真新しい墓石。「流行り病（はやりやまい）で死んだ」ことになっていた僕のお父さんであるダインと、お母さんであるユキノのお墓。

10年前に戻ってきても、この未来だけは変えられなかった。というより、変えてはならなかった。

だから、戻ってきても……ここのことだけは、考えないようにしていた。

そうしないと、押しつぶされそうだったから。

「そう、か……なぜ死んだんだ？」

「流行り病で死んだ……って、ずっと聞いてた」

「聞いてた？」

僕も、ずっとそれを信じてた。でも……真実は違うと、ファーレン様が教えてくれた。

「うん、事実は違ったんだ」

「……それは……」

不穏な空気を感じ取ったのか、ピロースが言葉に詰まったようになる。

「魔人に殺されたんだ。たぶん、魔王カイエンの命令で」

「そう、か……」

言葉を探すようにしていたピロースはやがて、思いついたようにハッと顔を上げる。

「そうだ。それ自体を変えることはできなかったのか？　いや、できたはずだろう？」

僕も、それができるならそうしたかった。でも、それはできなかった。女神様に止められていたからだ。だから、変えられなかったんだ。

「……できないんだ。それは『絶対にやってはいけないこと』だから」

「どういうことだ？」

そう、「できない」ではなく「やってはいけない」んだ。

「そこを変えると『今の僕』が完全に歴史からズレちゃうらしいんだ。『冒険者のマイン』が存在するのは、そこが鍵だから。それを変えてしまうと……僕は、ここからも消えてしまう可能性があるんだって」

「それ、は……」

そうなれば、歴史を変えるどころじゃない。僕が消えて、影王やエルフの件はそのままになってしまう可能性だってある。それは、絶対に許容できないことだ。

そんなことになれば、何もかもが無駄になってしまう。アイシャもシルフィも、影王に蹂躙(じゅうりん)されて……その場に僕はいることさえできない。そんなのは、絶対に嫌だ。

「だから……時を超えても、僕のお父さんとお母さんの死だけは変えられない」

お墓の前には、真新しい花が添えられている。たぶん、過去の僕がお供えしたんだと思う。

「……マイン……」

「カイエンのところに行く前に、どうしてもここに来ておきたかったんだ」

僕の原点。僕がカイエンと戦う……僕自身の理由を、確認しておきたかった。

大丈夫。これで僕はカイエンと、迷わず戦える。

「……マインは、強いな」

「ピロース？」

「私ならば何もかもを投げだして両親を救うかもしれない。弱いからな……だからこそ、そう思うよ」

そうかな。僕は、強いんだろうか。分からない。でも……。

「お前を私が支えよう、マイン。お前の正しさを語りつごう、お前のやさしさを覚えていよう。それが、お前の救いになると信じて」

ピロースのやさしさだけは、よく理解できたんだ。

だから……僕は、ピロースと手を繋ぐ。伝わってくる暖かい手の温度が、僕の中に強さを呼び起こしていく。

「ありがとう、ピロース……行こう」

「ああ、マイン」

決意はここにある。勇気も、想いも……何もかも、ここにある。

さあ、今から歴史を……全てを変えよう。その先に待つ「分からない未来」も、今の僕ならちっとも怖くはない。

僕たちの未来のために……その障害を、全力で叩きつぶすんだ。

目指すは、魔王カイエン。いよいよ……最後の時が迫っている。

そうして【固有魔法・時空】で僕たちが辿り着いたのは、未来でザナドゥの住居があった場所だ。前回は近くのオオセ王国の村に移動したけど……今回は未来で行ったことがあるから、直接移動してきている。さて、今の時代はどうなってるのかな？

そう思って移動した僕たちだけど……そこにあったのは、何もない廃墟だった。

「あれ？　何もない……？」

【固有魔法・時空】の黒い渦から顔を出したピロースも、周囲を見て首を傾げる。

「廃墟だな。どうしてここに？」

「おかしいな。ここに魔王軍の前線基地になってた村が未来にはあったんだけど……」

魔王の結界まで張られていたくらいなのに。

「ふむ。しかし……今は何もないようだ」

「10年で復興したってことなんだね」

言いながら周囲を見回していると、佇む1人の魔人の姿が目に入る。

お墓のようなものを前に立っているその姿は、なんだか寂しそうだ。

「……誰だ？」

振り向いたその表情は寂しそうで、こちらへの敵意は微塵もなさそうだった。

「……ヒュームとエルフか。どこから迷い込んできた？」

アルマス・スワードの柄に手をかけようとしたピロースを抑えて、僕は魔人に顔を向ける。

「あなたこそ、こんな廃墟で何を？」

僕がそう聞くと、魔人は驚いたような表情になる。

「何も知らずに迷い込んだのか」

「え？」

何も知らずに？　どういう意味だろう。ここに何かあるってことなのかな？

でも、そんな情報は未来にもなかったぞ？

疑問符を浮かべる僕に、魔人は「そうか……」と小さく呟く。

「よかったら教えてもらえないか？　ここはどういう場所なんだ？」

僕の代わりにそう聞いてくれたピロースに、魔人は「ふむ」と小さく呟く。

「ここはヒュームの召喚した勇者共が魔人国に攻め込んできた時、最初に滅びた村だ」

「それって、もしかしてローラシア王国の……」

「なんだ、知っているではないか。それだ、ローラシアの勇者共だ。先代魔王のせいでもあるが、この村が戦場になり……そしてここにいた魔人は皆殺しにされた。女子供も全員な」

……そうだったのか。確か、この時代の勇者たちはほとんどがローラシア王国の横暴さに嫌気がさして各国に散り散りになったって話だったけど……そういうことがあってもおかしくはないと思う。勇者の全員が『いい人』ではなかったかもしれないしね。

「では、その墓のようなものは……」

「ような、ではなく墓だ。妻のものだがな」

ピロースの質問に、魔人の男はそう答えた。

「……すまん」

「気にするな。ちゃんとした墓は別の場所に建ててある。まあ……それでもこっちに来てしまうんだがな」

「……」

僕は魔人の男を見て、なんとも言えない気持ちになる。そうだよね、戦争なんだ。そういう悲劇はきっとどこにでも転がってたんだろう。

「それはそうと、だ。迷ったのならあちらの方角へ行け。オオセ王国がある」

言いながら一つの方向を指さす魔人の男に、僕は頷く。

「ありがとうございます」

「礼を言われるようなことではない。この場を血で汚したくない……それだけだ」

そう言って、男は僕たちに背を向ける。その背中に向けて僕は【鑑定】を使ってみる。

「……えっ」

転移石を使って消えたその姿に、思わず手を伸ばしかける。

「どうした、マイン」

「今の……」

名前：カイエン　ＬＶ：90　種族：魔王　性別：男
【スキル】消滅　六道地獄　炎鎖結界　千里眼
【アビリティ】なし

「今の、魔王カイエンだ……」

「な、何ィ⁉　今の男が魔王だったのか⁉」

「う、うん」

あれが魔王カイエン……もっと早く気付いていれば……。

いや、それでもこの場では戦わなかったかもしれない。

ここは魔王カイエンの奥さんが死んだ場所で、お墓だった。

たぶん未来でこの場所に結界が張られていたのも、そういう場所だったからなんだと思う。

前線基地という形にすることで、魔王が直接守ってたんだ。

さっきの「この場を血で汚したくない」という台詞は、ここに踏み込んだ僕たちへの怒りと、この場を再び戦いの場にしたくない気持ちが混ざり合ってのものなんだろう。

そんな場所で戦うことは……僕には、できない。

「そうか、あれが新しい魔王……」

どうするべきだろう。僕は、ここから先に踏み込んだことがない。【固有魔法・時空】で移動するにも……。

「どうする、マイン。やつを追いかけなければ！」

「大丈夫。手段はあるよ」

そう、手段はある。僕がエルフの国全域を見張っていたのと同じ手法。【女神の印】と【地図】の合わせ技で、魔人国全体の地図を表示、魔王カイエンを探す……！

「よし、見つけた！」

「おお！　で、どこにいるんだ⁉」

「これは……お城だね」

「そうか。だが……どうする。さすがに警備が厳しいと思うぞ」

「……いや、それは大丈夫。魔王カイエンのいる場所には、他に誰もいない」

もう少し時間が経てば分からないけど……これは好機だ！

「行こう。魔王カイエンを倒すんだ！」

玉座のあるその部屋で、魔王カイエンは僕たちに気付き振り返った。

「……さっきのヒュームとエルフか。そんな魔法を隠し持っていたということは……先ほども偶然ではなかったか」

「そうだ。僕たちはお前に会いに来たんだ」

「会ってどうする。もう一度戦いをやりなおすか」

……なんか変だな。10年後に侵略を再び開始したのは魔王カイエンなのに。

「魔王カイエン。お前は近い未来、周囲の国へ侵略を開始する……私たちは、それを未然に防ぎに来た！」

「……名も知らぬエルフよ。俺とて、それを望む魔人が多くいることは知っている。俺とて、そうしてやろうかという気持ちがないわけではない」

「な……？」

「しかし、それでどうする。何が変わる。戦いの繰り返しの果てに、何が残るというのだ」

「そ、それは……」

「どこかで誰かが流れを断ち切らねばならぬ。それとも……血の川がとめどなく流れる果てに、何かが芽吹くとでも言うのか」

戦う気がない、と言ってるかのようだ。でも……。

「……魔人ロゼリエ」

僕の呟いたその名前に、魔王カイエンがピクリと眉を動かす。

「ロゼリエは、あなたの命令で動いてるわけじゃない……と？」

「なぜその名前を……いや、まさかお前は……」

「僕は、ロゼリエが殺したダインの……」

そこまで言って、僕は黙り込む。僕はダインとユキノの子供、マイン。

でも違う。この時代の「マイン」は僕じゃない。

「……そうか。勇者ユキノの関係者か。なるほど、俺に会いに来るわけだ」

今まで殺気なんて微塵も感じなかった魔王カイエンの身体から、魔力が立ち上っていくのが分かる。

「これは失敗したな。もう少し隠し通すつもりだったんだが……」

「……今までの台詞は全部嘘だったんだな？」

「いいや、嘘ではない。そう思ったのも真実だ」

言いながら、魔王カイエンは剣を引き抜く。

「そう思いながら復興に力を注いだ。しかし、許せんだろう？　勇者などという力に頼り我らを理不尽に蹂躙し……妻を殺した連中がのうのうと幸せを享受する世界など。せめて俺たちに一度徹底的に蹂躙されるべきだろう！　それが公平というものだ！」

その気持ちは分からないでもない。でも、その結果が未来に生み出される数々の悲劇だっていうのなら……やっぱり、カイエンをここで倒すしかない。

「そんなことはさせない！」

「そうか、ならばどうする！」

「あなたの……いや、お前の野望はここで砕く！」

【リアライズ】でトゥワリングを生成すると、魔王カイエンが目を見開く。

「なんと凄まじい剣か……だが……何⁉」

魔王カイエンが何かの動作をするけど、それで何かが起こることはない。

ここに転移してくる前にもう、魔王カイエンのスキルは【カット】済みだ。

「【武技：シャークグロウ】！」

「ぐあっ……！」

叩き込んだ【武技：シャークグロウ】に、魔王カイエンが大きく揺らぐ。

「ば、馬鹿な……俺のスキルが使えん……!?」

「終わりだ、魔王カイエン！」

再度叩き込んだ【武技：シャークグロウ】が魔王カイエンを切り裂き……それで、戦いは呆気なく終了する。

「ぐうあああああ！　俺の、俺の復讐が……！」

「そうだね。そして……これは僕の復讐の終わりだ」

そう告げると、倒れていくカイエンがフッと笑う。

「ああ、そうか。そうだな……これもまた、流れを断ち切らぬことを選んだが故、か……」

倒れた魔王カイエンは、僕をじっと見つめていた。それを、僕は真正面から見つめ返す。

……未来では、魔王カイエンとは会うことすらなかった。でも、今は……。

「終わってなどはいないぞ。俺は、それを今日知った……お前も……」

「だとしても……僕は負けない」

そのために時をも超えた。僕は、僕の守りたいもののために、負けるわけにはいかないんだ。

そんな僕の目を見つめながら、魔王カイエンは死んだ。

「……」

魔王カイエンが死んで、そのあとを誰が継ぐのかは分からない。でも、魔人国の行動は相当遅れるはずだし……魔王カイエンと全く同じにはならないだろう。つまり、これで……。

「終わり、か。これで……」

「うん。全部……ね」

あとは、ここに誰かが駆けつけてくる前に逃げるだけだ。魔人を全滅させることが僕たちの望みじゃないからね。

「よし、じゃあ戻ろう！」

僕とピロースは【固有魔法・時空】でピロースの家へと戻る。

そう、つまり……これで、僕が過去ですべきことは全部終わったんだ。

「……」

「……」

僕とピロースは、無言で見つめ合う。

これで終わりということは、これでこの時代ともさよならということで。それは、ピロースとの別れをも意味していた。

「ピロース」

「ああ」

「いろいろとありがとう」

「やめろ。私は本気で何もしていない」

「そんなことないよ」

「いいや、何もしてない。私はお前のやることに驚いていただけだ」

この剣も使わなかったしな、と言いながら、ピロースはアルマス・スワードを示してみせる。

そうだね。確かに全く使う機会に恵まれなかった。でも、それは……。

「その方が、いいんじゃなかったの？」

「場合によるさ」

「それはそうだね」

僕とピロースは、同時に笑い合う。そうして、ピロースは僕を抱きしめて。僕も、ピロースを抱きしめる。

「……本当にありがとう、マイン。お前と過ごしたこの数日は……本当に、楽しかった」

「僕もだよ、ピロース」

「私の言ったことを、覚えているか？」

「うん」

忘れるわけがない。この先、僕の戻る未来がどれだけ変わっていても……誰も僕の側にいなくても、ピロースは僕に会いに来てくれる。その約束は、僕の中に確かな暖かさとして残っている。

「なら、さよならは言うまい」

そうだね。これは、さよならじゃない。

「未来で会おう、マイン」

「うん。ピロース。今度は、10年後に」

「ああ、約束だ」

指切りを、交わして。僕は【独自魔法・時空】を使用する。

向かう先は……10年後。元の時代。

5章　そうして、始まっていく

戻った「現代」で、僕は静かに目を開く。

元の歴史であればクラン「永久なる向日葵（エターナルサンフラワー）」のクランハウスだった、その場所。

一体何に変わってしまっているのか。それが不安で、僕は……。

「どうしたの、マイン君？　ぼーっとしちゃって」

「そうだぞ、マイン。しっかりしやがれ」

「アイシャ……」

よかった。ここにはアイシャがいる。それと……あれ？

「え!?　テイルズ!?」

間違いない、従魔の輪廻（ティマーズリング）のテイルズだ。なんでこんなところに……ていうか、え？

「な、なんで生きてるんだ？」

そう言うと、テイルズが傷ついたような表情になる。

いや、でも……テイルズは死んだよね？　あの時、確かに死んだはずだ。なのに、どうして？

「そりゃねえだろ。確かに俺はお前といろいろあったけどよ。命を助けてくれたのもお前たちだろ」

言われて、僕の中に「この時代」の記憶が生まれてくる。

そっか、この時代だと……僕たちはテイルズの命を助けたんだ。テイルズはそれを素直じゃないながらも感謝していて、今の付き合いになるまでに至ったんだ。

……そうか、そうなんだ。これも歴史が変わった影響ってやつなんだね。

「ええっと……うん、そうだったね」

「しっかりしろよ。で、どうだ？」

……えーと、なんの話だったかな。あ、そうか。「この時代」の僕は今、テイルズと取引の話をしてたんだ。確か偉い人に珍しいモンスターのテイムを頼まれて、【テイム】を持っている僕に協力を依頼してきたんだ。

……この世界のテイルズは改心してるから、僕としては断る理由はあんまりない。歴史が変わる前のテイルズだったら、お断りだったけどね。

「うーん……【テイム】を手伝うのはやぶさかじゃないけど……」

「ダメよ、マイン君。もうすぐ結婚式でしょ？　準備もいろいろあるのに、マイン君がいなきゃ進まないわよ」

「結婚式？　アイシャとのだっけ？」

その辺りの記憶がまだ僕と同化してなくて、分からずにアイシャに聞き返せば、冗談だと思ったのかアイシャは僕の肩をパシッと叩く。

「もう、マイン君ってば。私ともう1回結婚する気なの？」

「かわいい奥さんとなら、何度結婚式をしたっていいと思うよ」

「も、もう！　いつの間にそんなに口が上手くなったの？」

顔を真っ赤にしてしまうアイシャはかわいいけど……そんな僕とアイシャを、テイルズがしらけた顔で見ていた。

「仲がいいのはいいけどよ……俺を忘れんなよ？」

「あー、ごめんテイルズ。でも、そういうわけだから……」

そう言って断ろうとすると、それを止めるようにテイルズがヒラヒラと手を振る。

「結婚式が終わってからでもいいんだぜ？　どうせ長丁場になる予定だ」

「うーん、それなら……」

「よし、決まりだな！」

テイルズは笑顔で立ち上がると、僕の手を握って何度もブンブンと振る。

「お前の結婚式見に行けねえのは悪いが……まあ、祝いの品はここに届けとくからよ」

い、祝いの品⁉　テイルズが⁉　う～ん、まだ記憶が完全に同化してないせいか、違和感を感じちゃうよ。でも、この世界のテイルズはこれが普通なんだよね。

「あ、うん」

「……なんだ？　妙な顔して。もしかして調子が悪いのか。ちょっと待て、外で待ってる連中に薬を買いにいかせて……」

「あ、いらない。大丈夫だから」

「そうかあ？　必要になったらいつでも言えよ。なんなら店を紹介してもいい」

「う、うん。ありがとう」

う～ん。すっごい違和感。でも早く慣れないとなあ。こっちの世界では従魔の輪廻（テイマーズリング）も壊滅せずに、その活動をものすごくマトモな方向へと修正している。カッポレとちゅん介の仲もひとまず良好みたいで、僕とテイルズが共同で性根を叩き直したような記憶がある。

う、う～ん！　この記憶、今の僕に慣れること……できるかなあ？

でも、きっと平和なのはいいことだよね。

とにかく、僕とテイルズの話は順調に進んで……すぐにテイルズが帰る時間がやってくる。

「じゃあな」

「うん、またね」

クランハウスを出ていくテイルズを見送って、僕は「この時代の僕」の記憶が少しずつ同化していくのを感じていた。

エルフの国が滅ばず、魔王カイエンが10年前に死んだこの世界では……魔人ロゼリエがあとを継いだらしい。そうして、魔人国は一部の魔人が暴走する程度で大きな侵略などはないままに今に至っているようだ。

どうやら魔王カイエンを倒した謎の人物の影に脅えているらしいけど……うん、僕のことだね。そういえば、この世界のロゼリエのスキルはそのままみたいだし……うん、そのうち【カット】しに行こうかな?

魔人ザナドゥは、この時代でも暴れていて……テイルズと和解したのは、その辺りが原因だ。

そして……。

「ただいまだ、旦那様！　何やらそこで従魔の輪廻（テイマーズリング）の連中を見たが、何かあったのか?」

「お帰り、シルフィ。ちょっと協力依頼があってね」

「そんなものさっさと断ってしまえばよかったものを」

「そういうわけにもいかないよ」

この世界でのテイルズは心をある程度入れ替えてるみたいだしね。わざわざ敵対的に振る舞う必要もない。

「あいつら、ことあるごとに旦那様に厄介ごとを持ち込むだろう。頼り過ぎだ」

「あはは……」

うん、どうにもそういう関係みたいなんだよね。本当、不思議な感覚だよ。でも、段々「悪くないいな」と思えてきた僕がいる。

「それで姫様。合同結婚式の日程は決まったんですか？」

「ああ、それで旦那様に城に来てほしいと言っていたぞ。詳細を詰めたいんだそうだ」

ん？　今何か、妙な単語を聞いたような。

「えっと……シルフィ、今なんて？」

「うん？　だから旦那様に城に来てほしいと言っていたと」

「いや、そうじゃなくて……合同結婚式とか」

「やだ、マイン君。忘れちゃったの？」

いや、待って。ようやくその部分の記憶が同化してきたぞ。

そうだ、この世界でもいろいろあって、僕はリッツ王国のサーシャリオン姫……サーシャと結婚することになったんだ。

時の流れっていうのは『正しい方向』に戻ろうとする力がある。僕とサーシャの結婚……そして今回の合同結婚式は、時の流れにとっては『正しい方向』だったみたいだね。

「……大丈夫だよ。ちゃんと覚えてる」

「そう？　ならいいんだけど」

「旦那様、疲れているなら休んだ方がいいぞ」

「ううん、大丈夫だよ」

そう言って、僕は王宮に移動するための準備を始める。

「……あっ」

その途中で、思い出す。そういえば、この世界ではシーラ様関連の問題がさらに根深くなってた気がするぞ？

◆◇◆◇◆

「おお、来たかマイン。早速だが……合同結婚式の相談の前に、ちょっと来てくれるか？」

「もしかして、シーラ様の話ですか？」

僕がファーレン様にそう聞くと、ファーレン様は重々しく頷いた。

「よかろう。自分の目で確認してこい」

そう言って僕を伴い、ローラシア王家がいるという僕たちの部屋の隣室へと向かったんだ。

ファーレン様がドアを叩くと、中から大仰な声で入れと返事が聞こえてきた。

声を聞いてファーレン様は一瞬むっとした顔をしたが、ドアを力強く開け放った。

……部屋の中には、やたら煌(きら)びやかな衣装に身を包んだ壮年の男性とやさしげな笑顔を見せてそっとその男性の後ろに立つ、年配の女性。

さらに法衣に身を包んだシーラ様と、僕よりも年下のような元気いっぱいの男の子がいた。

そして、壁際に立っているのは……誰だろう、あれ。その隣で不機嫌そうな顔をしてるのは……スカジ様だ。この世界でもお姿を見せているんだね。

「ジョージ。そろそろ認める気になったか？」

「そんなわけがなかろう！　儂(わし)は反対だぞ、ファーレン！」

煌びやかな衣装の男性は、国王様に向かってぞんざいな口調で話しかけた。

なんだろう、この人。なんだか嫌な感じだな。

僕が顔を顰(しか)めると、ファーレン様はなだめるように僕の肩を叩く。

「そう憤るなジョージよ、マインを軽く見るでないぞ」

「マイン⁉　するとそこの貧乏くさいのがマインとかいうやつか！」

貧乏くさいって……ちょっと傷つくよ。

「マイン、紹介しておこう」

ファーレン様から紹介されたのは、まずこの口が悪い壮年の男性。

ローラシア国王のジョージ・ローラシアだ。つまりシーラ様のお父さんだね。

次に紹介されたのはその後ろでにこやかな笑みを浮かべている女性だ。

名前はセルビナ。セルビナ・ローラシア王妃だ。つまりシーラ様のお母さん。

……あれれ、待ってよ。ローラシア王はスカジ様に粛正されて命を落としたんじゃ？

……って、そうか。この世界ではローラシア王は勇者召喚してないし、スカジ様に粛清されてないんだ。うん、記憶が同化してきたぞ。

魔人国への対抗策として存在したシーラ様と僕の結婚だけど、ローラシア国王が嫌がって進んでいないのだ。

さらにもう一つの理由……。それは元気いっぱいな男の子にあった。この子はクフィム・ローラシア。シーラ様の弟だ。……つまり、ローラシア王国の王子様ということだね。

この王子様がなんでも巫女頭の妹さんと結婚をするらしいんだ。これにより跡継ぎ問題はなくなったけど、ローラシア国王としては、もっといい条件の結婚相手を見つけようと思っているらしい。

……なるほど、それでこの状況かあ。

僕が状況を理解し、頭を悩ませているとシーラ様がツカツカと目の前にやってきて必死な表情で「マイン様、お願いします」と……そう訴えかけてきた。

シーラ様が僕と結婚する意味は、実をいうとかなり薄くなってしまっていた。

ザナドゥはこの世界でも僕がもう倒しているし、それから魔人国の動きはないに等しい。

つまり、魔人への対抗策をこれ以上強化する意味はあんまりなくて……そういう意味ではサーシャもそうなんだよね。

「シーラ姫、結婚する外付けの理由はなくなりましたが、シーラ姫は今でも僕との結婚を望まれていますか？」

が、そう尋ねるとシーラ様はじっと僕を見つめてくる。

「結婚しなければあなたのクランには入れてもらえないのでしょう？」

……そうだったーー！　僕のスキルを話せないなら家族になろうと結婚話が出たんだった〜。

その辺りはこっちの世界でもそのままだ！

……けど、あの時から状況は変わっている。そう、変わっているんだ。

あの時は神獣様の存在を明かすことができなかった……けど今は既にスカジ様が姿を見せているのだから、フェンリル様のことを明かしても問題はない。

フェンリル様の存在を明かせるのならば、【神獣の契約】を受けてもらえば僕らのクランに入ってもらえる。だから無理に結婚する必要はない。

僕自身としてはこれ以上、お嫁さんはいらないんだ。

……ルカ様の求婚を断った手前もある。結婚は回避する方向で考えたい。

「シーラ姫、結婚はしなくても僕たちのクランに入ってもらう方法があるんだ」

「……え？」

僕の真顔での返答にシーラ様は気の抜けた様子で呟いた。

「実はね、あなたたちローラシア王国の方々が神獣スカジ様と縁を結ばれたように、僕も神獣フェンリル様と縁を結んでいるんだよ」

僕がそう答えると、ローラシア王が大声で会話に割り込んできた。

「スカジと縁だとっ!!　ふざけたことをぬかすでない！　アレは疫病神だ！」

神獣様のことを疫病神なんて言うなんて……一体こっちの世界では何があったんだろう？

「神の使いである神獣様を悪く言われるのですか？」

僕が強い口調でローラシア王にそう告げると、ファーレン様も会話に加わってきた。

「ジョージよ。気持ちは理解できないこともないが、もともとはお主が原因であろう？」

「なーにが原因だ！　召喚もしてないのに現れた異世界人を疑われる前に処分しようとしただけだというのに！」

うわっ、そんなことしてたのか。じゃあ、あっちの知らない人ってもしかして？

「だというのにスカジめ！　儂を顔面が変形しそうになるほど殴ったのだぞ！」

「当然だ。永遠に変形しなかっただけありがたく思え」

「ぐぐううううう！」

「あなた、そのくらいで。スカジ様の仰る通りではありませんか」

「セルビナ！　お前は儂の味方をするべきだろう！」

激昂するローラシア王だけど、セルビナ様は困ったように笑うだけだ。

「そう言われましても。全部あなたが悪いとしか言えませんわ」

「お、お前……！」

うーん、セルビナ様はまともなんだね。前の世界でもこの人がいたら、あんなことにはならなかったのかもしれないね。

「それにマインを軽視しているようだが、マインは神獣様と知己を得ている。なにせ神獣様が己の子供を託すほどだからな」

ファーレン様のそんな言葉に……ローラシア王は落ち着くどころか、さらにヒートアップしてしまう。

「こ、子供を託すだとっ！！？　神獣がヒューム族にか？　あり得ない！」

『わっふる、クゥ。僕の居場所分かるかい？』

いいさ。そこまで言うなら見せてあげるよ、僕の家族を、ね！

「ファーレン様、今わっふるとクゥを呼びましたのでドアを開けてもよいでしょうか」

ファーレン様は「……ほう」と一息吐き、自らドアの前まで移動していった。

「ジョージよ、あり得ないかどうかその目でしっかりと見るがいい、間もなく神獣様の子供たちがここにやって来る」

『わふ。すぐいくぞ、まいん！　まってろ』

『きゅっきゅー、まいんおにいさま、くぅはすぐにいくのですきゅきゅー』

【念話】で2匹から返事が返ってくるのとほぼ同時に、ゴンゴンとドアをノックする音が響き渡った。

ファーレン様がそれを確認してすっとドアを開くと、ピンクと紫の物体が猛烈な勢いで飛び込んできた。

……そう、言うまでもなく我が愛すべき家族の一員。わっふるとクゥだ。

「……な、なんなのだ？　この魔物たちは……」

「魔物ではない。神獣様の子供たちだ……」

「わっふる、おいで」

僕がそう呼びかけると、わっふるはわふっと一声上げて嬉しそうに尻尾をぶんぶんと振って僕の背中に飛びつき、ヨイショヨイショとはい登って定位置の頭の上に乗っかった。

「この子が神獣フェンリル様の長男でわっふるです」

僕がローラシア王にそう告げると、わっふるは右前足を上げてローラシア王に向かって手を振った。

「クゥもおいで」

クウにも声をかけた。するとすごい勢いでクゥは僕に向かってくる。

『きゅきゅきゅきゅきゅきゅ～～～』

「そ、そのピンクの物体はなんだ？」

「この子は神獣ケートス様の一人娘のクゥです」

「……フェンリルとケートスだとぉ。し、神獣がこんなに……」

ローラシア王は大声で叫んで口から泡を盛大に吹きだし、バタッとその場で倒れてしまった。

うーん、よっぽど神獣様が苦手なんだね。

スカジ様が指を差して笑っているのを、異世界人が抑えているのが見える。うーん、こっちのローラシア王国……大丈夫なのかなあ？

そして、倒れたままのローラシア王の状態を確認していたシーラ様が舞を踊り始める。その姿から光のようなものが現れて、ローラシア王へと吸い込まれていく。

うわあ……なんだか、すごく綺麗だ。思わず魅入ってしまう。

「それで……結婚しないでクランに加入できる方法とはなんですか？」

シーラ様が僕に問いかけた。既にシーラ様の舞は終わっていて、倒れていたローラシア王がむくっと立ち上がった。

「今のは？」

「回復……いえ、正確には気付けのための舞です」

こともなげにシーラ様は答えた。

だが、僕は……初めて見たシーラ様の舞に魅了されてしまった。

「すごいや、さすが治療師として名高い巫女姫様ですね！」

興奮気味にそう言ってから、僕は【神獣の契約】のことを説明したんだ。

すると、復活したローラシア王が大声で僕らの会話に割り込んできたんだ。

「ゆ、ゆるさ～～～ん。神獣の契約だとぉ。そんなことは絶対に許さん。それぐらいなら結婚しろ！！！　認めてやる。お前たちの結婚を！！！」

うわ、そこまで神獣様が嫌いなのか。怖いモノ知らずにもほどがあるよ。ファーレン様もさすがに呆れ顔だ。

「ジョージ……そこまで神獣様を毛嫌いすることはないだろう？」

「うるさい！　儂は神獣など大嫌いだ！」

「チッ」

「ひっ！」

スカジ様の舌打ちで、ローラシア王がビクリと飛び上がった。

その神獣であるスカジ様の前でよく言うなあ、と思ったけど……やっぱり怖いみたいだ。

隣の異世界人が日常的に宥めているのかな？　どうにもそんな感じだ。

苦労してそうな感じだなあ……勇者召喚されたんじゃなければ勇者スキルもないだろうから、苦労するだろうに。なんだか頑張ってほしいな。

「神獣様の契約はそんなに怖いものではないぞ。我がオーガスタ家ではほぼ全員が受けておるしな」

ファーレン様がローラシア王に向かってそう言い放った。でも、ローラシア王は納得できないみたいで……突然、ハッとしたような表情を僕に向けてくる。

「そうだ！　マイン、お前がいたな！」

「え？」

な、なんだろう。突然僕に用事でもできたのかな？

「お前とシーラが結婚すれば、儂はお前の義父となるのだ。マイン、貴様は神獣に儂へ危害を加えないように言うべきだろう」

「ええ……？」

「そうだ、それがいい！　貴様が責任持って神獣を説得するのだ」

……なんで僕がそんなことをする必要があるんだろうか……？　身から出た錆だろうに。

というか、普通に神獣様に敬意を持てば危害なんて加えられないだろうに。

「取りあえず、シーラ姫との結婚は保留ということでいいですかね？　それに仮に結婚しても僕は神獣様にそんなことは頼みませんよ」

僕がそう宣言すると、シーラ様は俯き悲しそうにしている。

「じゃあ、ファーレン様、僕は戻りますね。合同結婚式の話し合いもありますし……確かお義兄さんたちを待たせていますよね？」

「そうだな。分かった。ついでにルイスたちも連れて行くがいい」

……確かにルイス様たちも話し合いに参加してもらうのがいいだろう。

ルカ様は移動扉のことは知ってるので移動扉を使うことには問題ない。

シーラ様ともう少しちゃんと話した方がいいだろうと思い、彼女も一緒に連れていくことにした。

「わっふる、クゥ、行くよ」

僕たちはシーラ様を伴ってルイス様とルカ様を探しに出た。

「マイン殿は私とは結婚したくないのですか？」

廊下に出た途端、シーラ様が必死な表情でそう尋ねてきた。

「う～ん、正直言えば僕にはもう素敵なお嫁さんがいますからね。これ以上は分不相応だと思うんです。ルカ様からの求婚も断ってますしね」

「わ、私は、マイン殿との結婚の話が出てからあなたのことだけを考えています。……だからよかったら、ぜひ私を娶（めと）ってもらいたいんです」

シーラ様の真剣なまなざしを見ていると、先ほどの彼女の舞が脳裏に浮かび上がってきた。

……うん、そうだね、どうやら僕も彼女のことが気になるみたいだ。

「少し、待ってもらえませんか？　ルカ様に許可をもらえたらということではダメですか？」

「……はい、分かりました」

いくらルカ様がルイス様に嫁ぐからといって、彼女に一言もなしにシーラ様を娶るわけにはいかないだろう。

……さて、ルイス様とルカ様はどこにいるのかな？

『わっふる、ルイス様とルカ様がどこにいるか、感知できないかな？』

ここはわっふるの感知能力に頼ろう。

僕がそう尋ねると、わっふるはくんくんと鼻を鳴らして気配を探ってくれた。

「マイン殿はその神獣様の子供たちと意思の疎通ができるのですか？」

シーラ様が遠慮がちに問いかけてきた。

「うん、今ルイス様とルカ様の居場所を探してもらってるんだ」

『わふ。まいんみつけたぞ、こっちだ』

わっふるが反対方向へ駆けだしていく。

「見つけたみたいですよ」

そうシーラ様に告げて、わっふるのあとについて僕も走りだした。

すると、しばらく進んだ先のドアをわっふるがガリガリと爪で削っていた。

ありゃりゃ……ドアがかなり削れちゃってるよ。

『わっふる。ダメだよ』

慌ててやめるように【念話】で話しかける。

するとわっふるは扉をひっかくのをやめて、僕に向かって右前足を上げて「わふっ」と言う。

『まいん～、ここにふたりがいるぞー』

そうか、この部屋か。僕はわっぷるを抱え上げて頭の上に乗せて、ドアを軽くノックした。

すると中から「誰だ？」と緊張した様子のルイス様の声が聞こえてきた。

「僕です。マインです」

そう答えると、安心したように声が返ってきた。

「……なんだ、義兄上（マイン）か、どうぞ入ってください」

ドアを開けて中に入ると、震えながらルイス様に抱きついているルカ様と目が合った。

「さっきのドアを削っていた音は……わっふる殿だったのか？」

「ああ、怖かった～。もうわっふるちゃんたらっ！　めっだよ」

ルカ姫がわっふるを指差してぷんぷんと怒っていた。

わっふるはルカ様に怒られて、しゅんとして僕の頭の上で寝たふりをしている。

「……そ、それでは義兄上、用件を聞こう」

ルカ姫をそっと抱きしめながら、ルイス殿下は僕にそう切りだした。

「ええ、お義兄さんたちと結婚式の日取りについて打ち合わせをしているんです。そこでお二人にも参加してもらおうと思いまして」

「なるほど、ご両親が移動するための時間もみないといけないからか……」

さすがルイス様だ、事情を話していないというのに一発で理解しちゃったよ。

「そういうことです。ルーカスの僕のクランハウスでお義兄さんたちが待ってます。行きましょう」

「……分かった……ん？　シーラ様もお見えなのか？」

「はて、シーラ様は結婚しなくてもよくなったのではないのか？　父上がそんなことを言っていたが……」

ルイス様がシーラ様を見て、そんなことを呟いた。

するとルカ様が僕に向かって笑顔で話しかけてきたのだ。

「マイン様、私のことが原因でシーラ様との結婚を取りやめるのなら、やめてくださいね。確かに、私はマイン様のことが好きでした。けど、今の私にはルイス殿下がいてくれます。シーラ様、マイン様に少しでも想いがあるのなら遠慮なんかしないでください」

「ええ、ルカ。そういうことです。マイン殿、私をもらってくれませんか？」

せっかくまとまりかけていた話が振りだしに戻ってしまったよ。

結果的に僕らから切り出さないで、ルカ様の許可を得られたわけだけど……。

……ルカ様の気持ちが問題ないというのは、心理的にはずいぶん楽になるよね。

あらためて真剣に考えてみよう。

「まず取りあえずはお互いを理解する時間を持つためにということで、神獣様の契約というのを受けようと思います」

シーラ様がそう提案してきた。

確かに、それはよいアイデアだと思う。

僕とシーラ様にはお互いを知る時間が絶対に必要だろう。

例のレインボードラゴンを倒す旅でお互いを知ればいいだろう。

ルイス様とルカ様、シーラ様と合流して僕たちは移動扉でルーカスのクランハウスへと戻ってきた。

思ったより時間がかかってしまったけど、お義兄さんはどうしてるだろうか。

『シルフィ、アイシャ。今王都から戻ったよ。待たせちゃってごめんね。シーラ様とルイス様、ルカ様も連れてきたよ。椅子を用意しておいてくれるかな』

先に【念話】で報告しておく。

『椅子なら準備できるわ』

アイシャからすぐに返事がきた。さすがだなあ。よし、急いで部屋に戻ろう。

辺りを物珍しそうに見るシーラ様の手を取って、僕は走りだした。

ルイス様も同じようにルカ様の手を取り、追いかけてきた。

部屋の前まで来てドアを軽くノックすると、ガチャッと音を立ててドアが開いた。

けれど……なんと、出てきたのはお義兄さんだった。

「ずいぶん時間がかかったな？　義弟よ」

「すみません……実は……」

僕は素直に謝ってから、シーラ様との一連の流れを説明したんだ。

「じゃあ、シーラ様は結婚しないのね？」

アイシャが若干呆れたような口調で尋ねてきた。

「……うん。取りあえずは様子見だね」

「私はいつでも嫁ぐ気持ちはあります。その際は仲良くしてほしいです」

「……取りあえず、日取りを決めませんと」

シオン姉ちゃんが額に汗を掻きながら、必死に話をまとめようとしている。シオン姉ちゃんもお義兄さんと結婚することになっているからね、この場にいるのも当然だよね。

するとお義兄さんも、シオン姉ちゃんをフォローするように話をまとめ始めた。

「取りあえず、移動に時間がかかるのはオオセとリッツということだな？　マイン、何かよい手段はないか？」

「まず、僕が各国に行って移動扉を設置してきましょうか？」

「ふむ、移動扉は我が国の重大な機密の一つだ、安易に各国に教えるわけにはいかぬだろう」

「『リッツはその情報を得たとしても、何かしらオーガスタの不利益になることは絶対にいたしません！』」

サーシャとスターシャリオン様が強い口調で僕たちに宣言した。

「……オオセも同じくですわ。それにオオセは、オーガスタに返しようがないほどの恩義をいただいております。その恩を仇で返すようなことはいたしません」

ルカ様が続き、そんなことを言った。すると、シルフィが口を開いた。

「旦那様、兄上、思うのだが、別に結婚式自体、急いで行う必要はないのではないか？　少なくとも馬車で移動するのを待てないことはないだろう？」

……確かにそうだ！

最近、【固有魔法・時空】に慣れきって高速移動が当たり前という気持ちになっていたよ。

別に普通に移動すればいいんだ。その時間を考えて式の日取りを決めればいいんだよね。

「ふん、シルフィの言う通りだな。慌てる必要など何もない」

お義兄さんも立ち上がり、そう言う。

「となれば、一番遠いのはオオセでしょうか？」

次はアイシャが発言する。そうだね、確かそのはずだ。

「……そう、ですね。オオセからオーガスタまで、馬車でトラブルがなければ3日もあれば移動できるでしょう」

ルカ様がそう答えを返す。

となると、1週間程度時間を空ければ問題ないのかな？

「では、余裕をみて6月の下旬に式を行うとしよう」

早速とばかりに、お義兄さんが結論を出す。

うん、6月が始まったばかりだからだいぶ余裕はあるよね。

「では早速、招待状を作成して各国へ送ろう」

今度はシルフィが立ち上がって、そう切りだした。

やれやれ、これで予定が決まったね。

「ところで義弟よ。フェンリル様の契約はどうする？」

ああ、そうか。それが残ってたね。

『フェンリル様、フェンリル様……お願いがあるのですが……』

早速【念話】でフェンリル様に声をかけた。

『なんだい、マイン？』

ほどなくしてフェンリル様から返事がきた。

『実は新しくお嫁さんをもらうことになりまして、【神獣の契約】をお願いできないかと思いまして』

『ほう、新しく嫁だって？　構わないよ、お前の嫁なら私とも長い付き合いになるだろうさ』

フェンリル様は実にあっさりと承知してくれた。

『……それでいつ行う？　なんなら今そっちに行こうか？』

『い、今からですか？　少しだけ時間をいただいてもよいでしょうか？』

『もちろん構わないよ、他ならぬお前の頼みだ』

た、大変だ。フェンリル様が来るというなら【固有魔法・時空】を使わなきゃいけない。

……けどスキルを知らない姫がたくさんいるんだ。そもそものために【神獣の契約】をお願いするんだから隣の部屋で使って、そこでお願いをしよう。

……うん、それしかない。

それだけ決めて僕は元いた部屋へと急いで戻った。

慌てた様子の僕を見て、シルフィが心配げに僕の腕に縋（すが）り付いてきた。

「……旦那様、何を慌てている？　落ち着いてくれ」

「うん、フェンリル様だけど、今からこっちに来て【神獣の契約】を行ってくれるって」

僕がそう言うと、今度はお義兄さんが立ち上がって話しだした。

「実はマインの所持するスキルが途方もない物でな、秘匿しているんだが……」

お義兄さんは大きく身振り手振りを加えながら事情を知らない双子姫とルカ様、シオン姉ちゃんに説明していく。

「……というわけだが、シーラ殿以外で受けたいと言う方がいれば挙手してほしい」

お義兄さんの問いが終わると、控えめにルカ様が手を上げた。それに釣られるようにサーシャとスターシャ様が手を上げる。

シオン姉ちゃんは頭をブルブルッとわっふるのように振ってから手を上げた。つまり全員というわけだ。

「よし、じゃあ義弟よ、準備をしてきてくれ」

さすがお義兄さんだ。僕がやろうと思ってることを理解してる。

大きく頷いて、僕は隣の部屋に飛び込む。もちろん、わっふるも一緒だ。

そして【固有魔法・時空】を使い、神霊の森のフェンリル様の住処に繋ぎ飛び込んだ。

僕が飛び込むと、わっふるの弟たちから熱烈な歓迎を受ける。

体当たりで押し倒され顔中を舐め回されたんだ。……顔を舐めている兄弟に混じってわっふるも一緒になって舐め回していた。

尻尾をすごい勢いで振っているから、文句も言いづらい。

身体強化をして3匹を引き剥がし、立ち上がるとフェンリル様がこちらをじっと見つめていた。

「お前は本当にうちの子たちに好かれてるねえ。それで、準備はできたのかい？」

「はいっ」と返事をしてわっふるを抱き上げた。

僕が黒い渦へと歩み寄ると、フェンリル様もあとをついてきた。

……あれ？　るーぶるとめーぷるの2匹も一緒についてくるぞ。

……まさか、一緒に来る気なのかな？

「かーさん、おれたちもついていく。にいちゃんばかりずるい」

「お前たちはここで留守番してなさい」

フェンリル様に諭され、2匹はしゅんと尻尾を丸めてその場に座り込んでしまった。

「わふっ」

僕の腕の中で、わっふるが勝ち誇った表情で尻尾をパタパタと振っている。

するとフェンリル様が自らの尻尾でわっふるの頭をペシッと叩いたんだ。

「きゅん」とわっふるが軽く鳴き声を上げる。目に涙を浮かべている。

ブラックドラゴンと戦った時ですら泣かなかったわっふるを泣かすとは、さすがフェンリル様だよ。

おっと感心してる場合じゃないや、急がなきゃ。

気持ち早歩きに渦を通り抜けて、元の部屋に到着した。

「では、対象者を連れて参りますのでお待ちください」

フェンリル様にそう告げて、隣の部屋へと急いで戻った。

全員に【神獣の契約】が授けられたのを確認し、僕らはクランハウスの会議室へと移動した。

結婚式の打ち合わせのために……だ。

でも、そんなに話し合うことがあるわけじゃない。互いの予定をすり合わせて、ちょうどよいところに持っていくための確認作業みたいなものだ。

「では、結婚式は6月の下旬とする」

そうして、お義兄さんの宣言で日取りは確定した。

招待状については、明日にでもオーガスタから特使が派遣されることとなった。

日取りが決まったことを国王様に報告すると解散となり、男女で別れることとなった。

「……とうとう結婚かあ」

腕組みをして目を瞑り呟くお義兄さん。そんな落ち着き払った様子のお義兄さんとは対照的に、ルイス様は落ち着かない様子でうろうろと部屋の中を歩き回っている。

うーん、どっちの態度も分かる気がするなあ。思わず頷いてしまう。

「義兄はずいぶん落ち着いているな？」

ルイス様がそう声をかけてくる。うん、確かに僕は落ち着いているけど……それにはちゃんと理由がある。なぜなら……。

「……2度目ですし」

「そうだったな」

「兄上は次は子供を期待されるな」

「子供といえば……マインのところはどうなのだ？」

「……今のところ、予定はないですね」

「最初の子はぜひともシルフィに頼むぞ」

……そんなこと言われても子供は授かり物だしね。

今はお相手が3人もいるんだし、どうしてもシルフィにと言われても困ってしまう。

ちなみに女性陣はその頃、別室でシルフィとアイシャを質問攻めしていたのだった。

「アイシャさん。食事を作るのってやっぱり大変なんですか？」

ルカ姫の問いにアイシャが答えを返した。

「うちはマイン君も手伝ってくれるからそれほどではないわよ」

「はぁ……私に料理なんてできるかしら？」

ルカ姫の独り言とため息に、サーシャとスターシャが相づちを打つ。

「シルフィード様はどうされてるのです？」

「……わ、私は目下、修行中の身だ」

「姫様は筋がいいので、すぐに美味しいご飯が作れますよ」

「……あ、アイシャにそう言ってもらえるのは嬉しいのだが……まだまだ修行が必要だ」

「やっぱり料理くらいはできないといけないのね……スターシオンはできるの？」

「ええ、一人暮らしが長かったですし……師匠からも手ほどきを受けておりましたから」

……そうすると、アルト家の食事はスターシオンに任せっきりになるようだ。

「し、師匠ってマイン君のお母様ですよね？」

「ええ、そうです」

「いいなあ、マイン君のご両親のことを知ってるなんて……うらやましいわ」

「何言ってるんです。今やアイシャさんはマイン君の家族じゃないの。うらやましがることなんて全然ないわよ」

解散したあとも、女性陣はきゃっきゃと楽しそうに話し込んでいた。

エピローグ

さて、いよいよ明日は2度目の結婚式だ。

長い人生の中でまさか2度も結婚式を行うことになってしまうとは、運命なんて分からないものだね？

リッツ王家とオオセ王家、そしてエルフの国からの来賓も無事に到着して、あとは式を執り行うだけだ。

サーシャの衣装合わせはシルフィとアイシャが付き添ってくれているので、スムーズに進んでいるみたいだし。

僕の準備なんてあっという間に終わっちゃったし、やることが何もないからというわけではないけれど、わっふると一緒に父さんと母さんのお墓参りに来ている。

「父さん、母さん、元気だった？　僕ね、明日また結婚式をすることになったんだよ。……といっても離婚して再婚するわけじゃないんだ。だから安心してね……相手はね、ビックリだよ。なんとリッツ王国のお姫様なんだ。他国のお姫様が僕に嫁いでくるんだ」

自国のお姫様が僕のお嫁さんってだけでもビックリしたのにね。

「なんかビックリしちゃうよね。スキルを授かってからビックリすることがいっぱいだよね」

本当に……ビックリすることがいっぱいだ。それでも、幸せなことばっかりで。

「2度目の結婚式だけど……それでもやっぱりお父さんとお母さんには出席してほしかった」

そうであれば、どんなに幸せだっただろう。それは……絶対に叶わないけれど。

「そうだ、ファーレン様も似たようなことを言ってたよ。お父さんとまた一緒に酒でも飲みたかったと。ガーネット様もお母さんにまた会いたいって言ってる」

自慢の両親だ。みんなに好かれてて……きっと、2人からすれば僕はまだまだかもしれない。

「ああ、そうだ。お母さん、聞いてくれる？　お母さんのお弟子さんだったシオン姉ちゃんだけど、アルト殿下のお嫁さんになるんだ。明日一緒に式を挙げるんだよ、すごいでしょ？」

『まいんー、おれもしょうかいしてくれー』

わっふるが僕の頭をいつも通りぺしぺし叩いて、そう主張する。

「お父さんお母さん、この頭に乗ってるのは神獣フェンリル様の息子でわっふるっていうんだ。大事な家族の一員なんだよ」

『わふっ』

僕がわっふるを両手で持ち上げてお墓に向かって掲げると、わっふるは右前足を上げて父さんと母さんに挨拶する。

『わふっ。まいんのことはおれがまもるからあんしんしてくれ』

「そうだ！　わっふるはね、すっごく強いんだよ。前にブラックドラゴンと戦った時はわっふるが僕を守ってくれたんだ。すごいでしょ」

『マイン君、どこにいるの？　サーシャの準備が終わったから戻ってきてくれる？』

……するとアイシャから【念話】が届いた。

「じゃあ、お父さん、お母さん、行くね。今度新しいお嫁さんを連れてくるから待っててね」

2人に挨拶してから、アイシャに返事をする。

『うん、ごめん。今戻るよ』

僕は周りを確認してから、【固有魔法・時空】を使用して家へと戻ったんだ。

そして僕が家に戻ると、王家からの迎えの馬車が到着していた。
フォルトゥーナ家から出席するのは、当然、僕、そしてシルフィとアイシャとわっふる、クゥだ。
わっふるは前回の式同様、神様の代理人的な位置づけになるそうだ。今回はさらにクゥも同じ立場で参加する。

なぜかというと、神殿長さんがそれはもう必死に僕らに2匹の参加を依頼してきたのだ。

前回わっふるが参加してるんだし、僕らには断る理由もない。クゥに聞いたら……。

「きゅきゅきゅー、くぅもさんかするんですー」

……と快諾だったので、わっふるとクゥの参加はあっさりと決まったんだ。

そう伝えたら神殿長さんは大層喜ばれて、今後行われる全ての式にぜひとも参加していただけますと……と言い始めたので、さすがに慌てて断りを入れたんだ。僕ら以外にわっふるたちの正体を世間にばらすわけにいかないもんね。

結局、神殿長さんの申し出はファーレン様の一言で却下されたんだ。

……申し訳ないけど、こればかりは仕方ないよね。どんな混乱が起こるか予想できないからね。

僕たちは王都からの迎えの馬車に乗り込み、早速王都へと旅立ったんだ。ルーカスの沿道では大勢の人たちが僕らを一目見ようと押しかけていた。

……そう、前の結婚式の時のように町中が祝福してくれているようだ。

ちなみに、今回の式はルーカスから馬車でお披露目をしつつ王都に向かうことになっていた。

前回のように、王宮から神殿に向かうわけではないので時間的な余裕はない。

でも王家の馬車はとにかく高速だ。普通ならば半日かかる道程も3時間とかからずに済む。

王都に到着すると、今度はゆっくりと神殿まで進んでいく。王都でもやっぱりすごい人が沿道に集合しており、僕たちを祝福してくれるのが全身から伝わってきた。

今回はなんと言ってもお義兄さんの結婚も一緒だからね。王都の喜びも一段と大きいのだろう。次期国王の結婚、これは市民にとって人ごとではないってことだ。

神殿に到着すると、既にお義兄さんたちとルイス殿下たちは到着していた。

女性陣の姿が見えないのは、衣装合わせだね。サーシャも到着してすぐに女性の神官に連れていかれた。僕はというと緊張でガチガチに固まっているルイス様たちと一緒に、男性の衣装部屋へと案内された。

わっふるとクゥ、シルフィ、アイシャはやはり神官さんに連れていかれ、いよいよ式の準備は大詰めとなったんだ。

そして、緊張する王子2人と一緒に控え室で待っていると、神殿長さんが前回同様迎えにやって来る。

「式場へとご案内させていただきます」

まず、お義兄さんが立ち上がり、軽く神殿長さんへ頭を下げる。

次はルイス殿下が同じように起立して頭を下げた。

僕もルイス殿下が着席したと同時に、起立して頭を下げた。

「マイン殿はお分かりでしょうが、このあと、秘密の通路を通って式場に参りますのでしっかりついてきてくだされ」

そう言って神殿長も頭を下げたあと、ゆっくりと部屋を出ていった。

そのあとをお義兄さんとルイス殿下が急ぎ足でついていく。僕はその間に脳内で【地図】を確認して道順を把握しておく。

前回いろいろ回り道した気がするけど、こうやって【地図】で確認するとすぐ側だったんだね。

そして2人のあとを追いかけて歩くこと5分、僕は再び、神を奉る祭壇に到着した。

「では、ここで立ったままお待ちください。間もなく新婦様方が見えられますので」

神殿長さんはそう僕たちに告げた。そして前回同様、式での自身の立ち位置であろう祭壇前にある小さな台の上まで歩いていき、こちらを向いた状態で目を瞑る。

神殿長さんの言葉通り、婚礼用の衣装に身を包んだ4人の美女が祭壇のあるこの部屋に順々に入ってきた。

おそらく神殿関係者であろう少し変わった服装をした女性に手を引かれ、サーシャが僕の横にやってくる。

お義兄さんの両横にはシオン姉ちゃんとスターシャリオン様が、ルイス殿下の横にはルカ様がやってきた。

そしてお嫁さんたちを誘ってきた女性は僕たちに軽く会釈をして、そのまま退出していった。

わっふるとクゥは、のんびりと自分たちにあてがわれた籠（かご）の中にジャンプして飛び込むのが見えた。

そしてわっふるは、僕の方を見つめ右前足を籠から出して一生懸命手を振ってくる。

『まいん～まい～ん、がんばれよーおれがついてるからなー』

ついでに【念話】も飛んできた。手を振り返すこともできないので、【念話】で『わっふる、ありがとね、もう少しだから我慢してね』と伝えると、わふっと軽く吠えて籠の中に潜り込んでいった。

「……では、僭越ながら私がお三方の結婚式を執り行わさせていただきます」

僕たちの準備が整ったのを確認した神殿長さんが、そう話しかけてきた。

緊張した面持ちで僕らが頷くと、神殿長さんは聞いたことがない言葉で粛々と歌い始める。

なんでも祝詞（のりと）の一種で、神様に僕たちが結婚しますよと報告しているとのことだ。

聞くのは2度目だけど、全く分からないのはおんなじだ。

うーん、これが理解できたら、また何か違うのかもしれないけど……。

『それはどうかしら？　難しい話を頭が受け付けないのは、古今東西同じだと思うわ』

うわっ！　今頭の中に響いた声って……もしかして【女神交信】!?

『うふふ、そうよ。マイン、無事に歴史を変えることができたわね？』

『女神様……女神様は、僕が時を超えたことを覚えていらっしゃるんですね』

僕が時を超えたことを、誰も覚えてはいなかった。神獣様……フェンリル様ですらそうだったのに。

『もちろんよ、マイン。私はあなたの歩んできた道を全て記憶しているわ……よく頑張りましたね』

『ありがとう、ございます』

そう言ってもらえると、ものすごく報われる気がする。

『そういえば、影王は……』

『大丈夫よ。あちらの世界の神との交信も復活。影王はことを起こす前に抑え込まれ、別の者にすげ替えられたそうよ』

そうなのか……なら、もう本当に安心なんだね。

『マイン。あなたのこれまでの努力を、私は認めます。きっと、これからも大なり小なり問題は起こるでしょうけど……』

え？　そうなの？　もうそういうのは起こらないと思ってたのに。

『ふふふ。生きることは波乱を泳ぐことよ。でも、あなたなら乗り越えられると信じているわ』

……女神様にそう言われちゃったら、頑張るしかないよね。

『……分かりました。頑張ります、女神様』

『ええ、その意気よ。さしあたっては、この結婚を私からも……いつもより、ほんの少しだけ祝福しましょう』

『え？』

『頑張ってね、マイン』

そして、神殿長さんの祝詞が終わった瞬間のことだ。僕とサーシャとクゥの体が蒼白い光に包まれたんだ。前回も授かった神様の祝福だ。

「……おおっ!!」

それを見た神殿長さんがまたまた感嘆の声を上げる。

【鑑定】してみると、僕に【女神の祝福・大】というのが増えていた。

クゥとサーシャには、【女神の祝福】という前回、僕とアイシャ、シルフィ、わっふるが授かったのと同じ物が増えていた。

【女神の祝福・大】：病気や怪我、状態異常などを受け付けなくなる。

……これはすごいな。【女神の祝福】もすごいんだけど、大となるとまさに神の所業だ。

興奮と感動に打ち震えた様子の神殿長さんだったけど……さすがにそこは神殿長さんだ。

すぐに調子を取り戻して、儀式の続きを開始した。

「マイン・フォルトゥーナよ、汝はこの者を生涯愛し続けると神の前に誓うか」

「はい！　誓います!!」

「サーシャリオン・リッツよ、汝はこの者を生涯愛し続けると神の前に誓うか」

「はい！　誓います!!」

「アルト・オーガスタよ、汝はこの2人を生涯愛し続けると神の前に誓うか」

「もちろん！　誓います!!」

「スターシオン・ボヤーダ、並びにスターシャリオン・リッツよ、汝らはこの者を生涯愛し続けると神の前に誓うか」

「「はい！　誓います!!」」

「ルイス・オーガスタよ、汝はこの者を生涯愛し続けると神の前に誓うか」

「はい！　誓います!!」

「ルカ・オオセ、汝はこの者を生涯愛し続けると神の前に誓うか」

「はい！　誓います!!」

神の前での宣誓も終わり、いよいよ神殿長さんからの祝福が女性たちに贈られた。

……そして誓いのキスだ。

「義弟。お前に栄えある一番手を命じる」

お義兄さんが小声でとんでもないことを言ってきた。うーん、命令かあ。

ずるいなあ、と呟きながらサーシャの前に立った。

そして軽く抱き寄せて、その唇にチュッと軽くキスをした。

次はお義兄さんだろうと後ろを向くと……ルイス様が渋い顔をして待っていた。ああ、やっぱりお義兄さんに先に行けと言われたみたいだね？

ルイス様もルカ様を抱き寄せて、僕みたいに軽く唇をチュッとやっていた。

さて、あとはお義兄さんだ。こういうのはあとに回すほど緊張するんだよな。

そんなことを考えながらお義兄さんを見ていると諦めたのか、まずシオン姉ちゃんを抱き寄せてその唇に熱烈なキスをしていた。開き直ったのかな？

そして続けてスターシャリオン様を同じように抱き寄せ、同じような熱烈なキスをしている。

「これにて、皆様方の結婚は成されました！　おめでとうございます」

神殿長さんの宣言が高らかに部屋中に響き渡り、僕たちは晴れて夫婦となったんだ。

……ちなみにわっふるとクゥは前回同様、籠の中で熟睡してた。

問題はこのあとだ。たぶん、お披露目をやるんだろうなあ。

はぁとため息を一つつくと、サーシャが心配そうに僕の腕を取り、「どうしたのですか？アナタ」と声をかけてきた。

そうか、サーシャはそう呼んでくるか……シルフィの旦那様も照れるけど、これも照れる。

「いや、なんでもないよ、このあとお披露目があると思うから憂鬱で……」

「心配いりませんわ、主役は誰がどう考えてもアルト殿下たちですから、私たちはひっそり目立たぬよう端っこにでもいれば」

……それはどうなんだろう。ちょっとどうかと思うなあ。

僕が腕組みして考え込んでいるとノックの音が響き渡って、ファーレン様とガーネット様、レクタル殿下、エアリーの王族一同様とアイシャとシルフィが入室してきた。

「アルト、ルイス、おめでとう！」

「兄上たち、おめでとうございます」

「サーシャ、おめでとう。これで晴れて同じ立場だな」

「マイン君、これからもしっかりお願いしますね」

祝福と激励が続く中、神殿長が控えめに割って入ってきた。

「皆様、本日はおめでとうございます。新郎新婦様方と親族の皆様の人生にとって最良のこの日を、心よりお慶び申し上げます。これより、一般市民へのお披露目を行わせていただきます。恐れ入りますが、こちらにご移動いただけますでしょうか」

ああ、とうとう来てしまったよ……。

……いよいよだ。覚悟を決めないといけないね。

「では、よろしいですかな？　この扉を開けますとベランダがございます。そちらで市民の声に手などをお振りいただいてお応えください」

神殿長さんの言葉が終わる前に、扉がギィギィと音を上げながらゆっくりと開いていく。

『『『『『うぉぉぉぉぉぉぉぉぉぉっ！！！　アルト殿下ばんざーーーーーい！！！』』』』』

『『『ルイス殿下ばんざーーい!!』』』

『『英雄マインばんざあああああああい！』』

扉が開ききると、その向こう側から地鳴りのような歓声が聞こえてくる。

お義兄さんを称える声にルイス様を称える声、僕を称える声まである。

お義兄さんは笑顔を浮かべてベランダの中央に進み、スターシャリオン様の腰に手を回し、市民たちに手を振り始めた。

さすがに場慣れしてるよね。スターシャリオン様も笑顔で手を振ってるよ。

僕とサーシャはベランダのはじっこに目立たぬよう移動して、軽く手を上げて振り始めた。

10分ほど、そうして手を振り続けていると……神殿長さんが、何かしらスキルを使用したのが目に入った。

〝お集まりの皆様、ご静粛にお願いいたします。これよりアルト殿下とその伴侶であらせられますスターシャリオン様から、代表してお言葉をいただきます〟

ふう。今日は僕はスピーチしないでいいんだね。よかったあああああ。

〝諸君、アルト・オーガスタだ。今日は我々のためにこうして集まっていただき、感謝する〟

お義兄さんがよどみなくスピーチを始めるとあれだけ騒がしかった声が消え失せ、全員がお義兄さんに注目しているのが分かった。

……やはり次期国王ともなると、注目度はすごいんだなあ。お義兄さんの堂々たるスピーチも、さすがの一言に尽きるよ。

お義兄さんのスピーチが終われば、僕たちの合同結婚式も終了だ。

もう、影王の侵略はない。国同士の関係も今のところは平和そのもので……きっとずっと、そんな平和な日々が続いていくんだろうと思う。

そう、僕のお父さんとお母さんが過ごしていたような……そんな、日々を。

そして、いつか子供ができたら、愛情を注いで……元気に育てたいと、そんなことにすら思いを馳(は)せてしまう。

お父さん、お母さん。天から見守っていてくれていますか？

僕は今……とっても、幸せです。

「マイン」

「あ、あれ？　どうしたんですか、ファーレン様？」

結婚式が終わって戻った僕を待っていたのは、難しい顔をしたファーレン様だ。

「まさか、何か問題が……？」

「問題というかだな」

ま、まさか。また影王が……？　いや、でも影王はもう……。

「今、エルフの国から使者が来ているのは知っているな？」

「はい」

もちろん知っている。エルフの国はこの世界では滅びていない。

10年前に起こったウィルズ国によるエルフの国への侵攻。

それは謎の英雄によって、被害らしい被害を出す前に食い止められた。

ウィルズ国では、その侵攻の失敗による支配力低下の隙をついて革命が起こり、当時のウィルズ国王は追い出され、穏健派の王が玉座についている。

今、ウィルズ国では前ウィルズ王の失策のツケを払うための長い復興期間なんだけど……とにかく、そういうわけでエルフの国は今も平和に存在しているんだ。

だから、冒険者ギルドにもハイ・エルフであることを隠しているエイミさんはいない。

まあ……僕が冒険者ギルドをクビになった事実だけは変わってないんだけどね。

でも、それがどうしたっていうんだろう？

「……エルフの国の使者から、お前の次の結婚相手を勧められた」

「……へ？」

結婚、相手？　僕、結婚式の直後なんだけど……ええ？　どうしてそんなことに？

「あの、ファーレン様。僕、結婚式の直後なんですけど。どうしてそんなことになってるんですか？」

「こっちだって驚いている。お前、エルフの国で何かしたのか？」

「何かって……」

「エルフの使者がわざわざ結婚相手を打診してくるような何かだ。怒らないから言ってみろ」

そ、そんなこと言われても……僕、この世界では何もしてないよ？

「あの、僕……まだ何もしてません」

「まだ、という辺りがなあ……」

ため息をつくファーレン様は、眉間を揉みながら小さく呟く。

「あの、それで……向こうは誰と結婚してほしいって言ってるんですか？」

「ああ、それか。それなんだがな……」

思い出すようにファーレン様は天井を見上げ、「確か……」と言う。

「ハイ・エルフのピロースという者だそうだが……」

「ピロース……え、ピロース⁉」

「ああ。向こうは何やら縁談が纏まるという確信を持っていたようだが……マイン、そのピロースというハイ・エルフと知り合いだったのか？」

「知り合いっていうか……」

そうだ、記憶の同化が進んだ影響ですっかり忘れていたよ。

ピロースはこの世界では僕たちと出会ってはいない。

いない、けど……僕は10年前の世界でピロースと会っている。そして、約束もしてるんだ。

ついでに言うと、エルフの人たちは10年前に現れた「僕」を知ってるわけで……それとここにいる僕を結びつけるのは、難しくないだろう。

でも、ええ⁉　シーラ様の問題もまだ済んでないのに！　ど、どうしてそんなことに！

混乱する僕に、誰かが思いっきり抱きついてくる。

「マイン！」

「うわあ⁉」

慌てて引き剥がすと……そこには10年前の世界で会った「ハイ・エルフのピロース」の姿があった。エルフだからかな。10年前のピロースと全く姿が変わらない。

「約束通り、会いに来たぞ！」

「ピ、ピロース」

「ああ、私だ、マイン！　もちろん覚えているな⁉」

「う、うん。忘れることなんてないよ」

僕にしてみれば、ついこの間のことだ。その顔を忘れるはずなんてない。

「ふふ、10年前と全く同じ顔と姿だ……まあ、当然だな」

「……そうだね」

10年前の約束を覚えていて、本当に会いに来てくれた。そのことが嬉しくて、思わず僕の顔が緩んでいくのが分かる。

ピロースも、そんな僕に合わせるかのようにやさしい笑顔を浮かべて。

「なんだマイン。やはり知り合いだったのか。確か前に聞いた時もエルフの国に知り合いはいないと言っていたが……あれは冗談だったのか？」

「え？　えーと、それは……」

記憶の同化が……というより、戻ってくる前の「改変された歴史の僕」はエルフの国のことは知らないものね。でも、なんて説明したものかなあ。

「ちょっといろいろあって、記憶の混乱がですね」

「エルフの知り合いなど、多少混乱した程度で忘れるとも思えんが……」

エルフの知己を得たいという者は山ほどいるのだぞ、とファーレン様が言う。

うん、エルフは美形だらけだから仲良くなりたいという人は大勢いる。

でも、前ウィルズ国王のせいでエルフの危機感が高まって、ヒュームに対する警戒心は強いらしい。オーガスタ王国と仲良くしてくれているのは、そのウィルズ国の問題で力を貸してくれたから……ということになっている。

……まあ、それはともかく。僕に抱きついてくるピロースの姿は、どう見てもちょっと混乱した程度で忘れる知り合いじゃないよね。

でも、時を超える云々の話を一から説明し直すのは、ちょっと……。

うーん、どうしよう。悩む僕に、ピロースが「ああ、そうだ」と思い出したように声を上げる。

「結婚式も見たぞ。素晴らしいな……私も結婚してみようかという気になってしまったぞ」

「え？　もしかして相手が見つかったの？」

10年も経てばそうなるよね。ちょっと寂しい気持ちもあるけれど……。

「何を言ってる。まだ話を聞いてないのか？」

「話って……あっ」

そういえば、今のファーレン様の話……！

「僕との結婚話が出てる『ピロース』って、もしかしなくても」

「私だな。嫌か？　マイン。キスだってした仲だろう」

「キ、キス!?」

「どういうことだ、旦那様！」

「マイン様！　そういうことなら、私を娶っていただいても構わないのでは!?」

アイシャが、シルフィが、シーラ様が……次々と、僕に詰め寄ってくる。

ああ、うん。これは……僕の辿ってきた物語を一から説明しないと、納得してくれないかもしれない。

でもまあ……それもまた一興だよね。

僕と、この【カット&ペースト】との出会いと……そこから続く、たくさんの物語。

それをまたお嫁さんたちに知ってもらうのも、とてもいいことだと思う。

「マイン君！　聞いてるの!?」

「うん、聞いてるよ、アイシャ」

さあ、そうと決まれば……どこから説明したものか。

……お父さん、お母さん。どうやら僕の波乱の日々は、まだしばらく続くみたいです。

あとがき

皆様、またお会いできましたね。天野ハザマです。

さて、咲夜先生の遺志を継ぐ形で6巻から担当させていただきました『カット&ペーストでこの世界を生きていく』の物語は、ここで完結となります。

お話しするべきことがたくさんあるようにも、そんなにはないようにも思います。

そんなことを思うのも、私はあくまで咲夜先生の描いたこの世界を代理で紡ぐ語り手であるからかもしれません。

マインたちには、これからもさまざまな物語が待ち受けているでしょう。そういった「そして物語は続く……」といった終わり方は、私は実は「そうあるべき」と考えていたりします。

何もかも出し切った終わりも美しいでしょう。しかし、読者の皆様には幸せなマインたちの結末を自由に想像する権利があります。

あるいは、そこにこっそりと自分を混ぜ込むような想像も楽しいはずです。それがファンタジーというジャンルの楽しさであるはずですし、もしこの世界に『この先に何もないピリオド』を打てる人間がいるとするのであれば、それは私ではありません。

……なんだか面倒くさい話になってきましたね、やめやめ。やめましょう。

【カット&ペースト】というスキルを使って世界を駆け抜けていくマイン君の物語は、私が初めて出会った時にはものすごく爽快で衝撃的でした。

咲夜先生のアカウントにフォローしてもらった時など、嬉しさで踊りだしてしまったものです。

次々と増えていくお嫁さんにもビックリでしたけど、最近ではデフォルトな気もごふん。やめましょう。

ともかく、7巻でございます。皆様、お楽しみいただけましたでしょうか?

この巻ではピロースが大活躍でしたね。そうでもなかったかもしれません。

けれど、この『カット&ペースト』という物語の集大成として、全力を尽くさせていただきました。

お楽しみいただけましたなら幸いです。

それでは皆様、またどこかで。

尊敬する咲夜先生へ、そしてこの本を買ってくださった皆様へ最大の敬意を込めて。

天野ハザマ

ツギクルAI分析結果

「カット＆ペーストでこの世界を生きていく7」のジャンル構成は、ファンタジーに続いて、SF、ミステリー、恋愛、歴史・時代、青春、ホラー、現代文学の順番に要素が多い結果となりました。

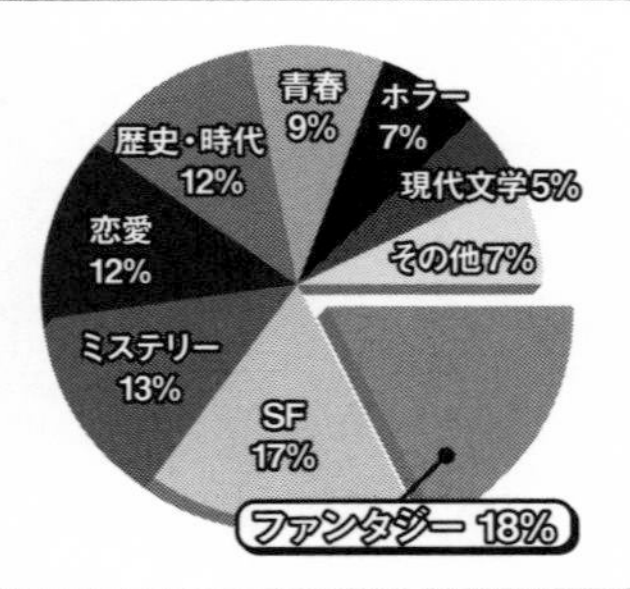

転生令嬢は
逃げ出した森の中、
スキルを駆使して
潜伏生活を満喫する
1~2
著 灰羽アリス
イラスト 麻先みち
「モンスターコミックスf」でコミカライズ決定!
危険な森でも快適生活!
黒髪黒目の不吉な容姿と、魔法が使えないことを理由に虐げられていたララ。
14歳のある日、自殺未遂を起こしたことをきっかけに前世の記憶を思い出し、
6歳の異母弟と共に家から逃げ出すことを決意する。
思わぬところで最強の護衛（もふもふ）を得つつ、
逃げ出した森の中で潜伏生活がスタート。
世間知らずでか弱い姉弟にとって、森での生活はかなり過酷……なはずが、
手に入れた『スキル』のおかげで快適な潜伏生活を満喫することに。
もふもふと姉弟による異世界森の中ファンタジー、いま開幕!
本体価格1,200円＋税
ISBN978-4-8156-0594-0
ツギクルブックス
https://books.tugikuru.jp/

転生したけどチート能力を使わないで生きてみる

著 大邦将人
イラスト 碧 風羽

チート能力やるから使えよって、そんなうまい話にのるかっ!

双葉社でコミカライズ決定!

神様からチート能力を授かった状態で大貴族の三男に異世界転生したアルフレードは、
ここが異世界転生した人物(使徒)を徹底的に利用しつくす世界だと気づく。
世の中に利用されることを回避したいアルフレードは、
チート能力があることを隠して生活していくことを決意。
使徒認定試験も無事クリア(落ちた)し、使徒巡礼の旅に出ると、
そこでこの世界の仕組みや使途に関する謎が徐々に明らかになっていく——。

テンプレ無視の異世界ファンタジー、ここに開幕!

本体価格1,200円+税　ISBN978-4-8156-0693-0

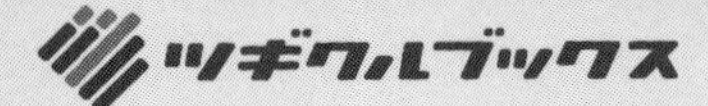

https://books.tugikuru.jp/

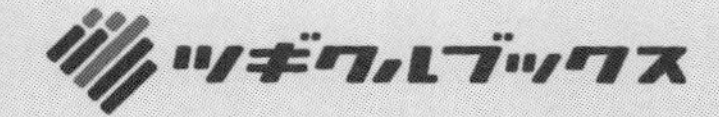

https://books.tugikuru.jp/

追放悪役令嬢、只今監視中！
Tsuihou
「モンスターコミックスf」（双葉社）でコミカライズ決定！
王子、監視している人は本当に悪役令嬢ですか？
著 扇つくも
イラスト くろでこ
聖女候補モモを貶めるために聖女像を穢した悪役令嬢クロエ＝セレナイトは、
聖教会によって辺境の修道院送りにされる。「修道院に到着するまでの道中で
改心できなければ公爵家を勘当」という厳しい条件を突き付けられたクロエ。
一方、クロエとの婚約破棄を確定させるために道中の監視を行うことになった王子レッドリオだが、
予想外の行動をとる「悪役令嬢」に戸惑うばかり。
ダンジョンの宿で巻き起こるトラブルに、悪役令嬢の真意が徐々に解き明かされる――。
悪役令嬢（?）と王子による異世界のぞき見ファンタジー。
本体価格1,200円＋税
ISBN978-4-8156-0597-1
ツギクルブックス
https://books.tugikuru.jp/

逆行した悪役令嬢は、なぜか魔力を失ったので深窓の令嬢になります
コミカライズ企画進行中!
1~2
著†蒼伊
イラスト†RAHWIA

愛読者アンケートに回答してカバーイラストをダウンロード！

愛読者アンケートや本書に関するご意見、咲夜先生、天野ハザマ先生、眠介先生へのファンレターは、下記のURLまたは右のQRコードよりアクセスしてください。
アンケートにご回答いただくとカバーイラストの画像データがダウンロードできますので、壁紙などでご使用ください。
https://books.tugikuru.jp/q/202103/cutandpaste7.html

本書は、「小説家になろう」（https://syosetu.com/）に掲載された作品を加筆・改稿のうえ書籍化したものです。

カット&ペーストでこの世界(せかい)を生(い)きていく7

2021年3月25日　初版第1刷発行

著者　咲夜(さくや)／天野(あまの)ハザマ

発行人　宇草 亮
発行所　ツギクル株式会社
〒106-0032　東京都港区六本木2-4-5
TEL 03-5549-1184
発売元　SBクリエイティブ株式会社
〒106-0032　東京都港区六本木2-4-5
TEL 03-5549-1201

イラスト　眠介
装丁　株式会社エストール

印刷・製本　中央精版印刷株式会社

定価はカバーに表示してあります。
乱丁本、落丁本はお取り替えいたします。

ISBN978-4-8156-0856-9
Printed in Japan